INK

POINT 004

篠原 令／著

李芳／譯

娶太太還是韓國人為好!?

目次

2、女兒的學校

3、日韓兩國語

4、愛情是什麼？

前言

娶了韓國妻子，在韓國住的時間長了，不論是日本人還是韓國人，都經常會問我一個問題：「你爲什麼會對韓國感興趣?」具體的緣由後面再敘，主要是因爲有機會去新加坡留學。這樣一說，人們又會納悶：「你又爲什麼會跑到新加坡去留學?」到美國或歐洲去留學還能理解，但去韓國或新加坡就好像得有點特別的動機才行。

這的確不是什麼合乎潮流的想法。現在可以說是亞洲的時代，海外旅遊成了很平常的事，但三十年前，情況就完全不同了。這裡想先談談我成長的時代背景，我是在戰後嬰孩高峰期出生的。這一時期出生的人被稱爲「團塊世代」、「全共鬥世代」①，如今都是五十歲左右的人。我們這一代人從小就被趕上了競爭的舞臺，現在又將邁向一個未知的世界。

青春時代雖然早已結束，但至今仍保存一份年輕的心，可能是我們這一代人的特徵。儘管快五十歲，對社會改革還是有著一腔熱血，我這方面主要是受小學班主任的影響。

我出生在一個普通的家庭，沒有什麼特殊的經歷。只是一個曾經憧憬過赤銅鈴之助和月光假面②，迷戀過職業摔跤和職業棒球的普通少年。我小學五年級是正處於六〇年代安保鬥爭的時期。六月十五日傳來了東京大學樺美智子死亡的消息，第二天，擔任班主任的H女老師說要在班會上開樺美智子的追悼會。有幾個學生舉手發了言，這種時候女生總是振振有詞。

接下來十月份又發生社會黨委員長淺沼稻次郎被右翼青年刺殺事件，班上對這件事又開了一次討論會。一個從城裡轉學來的男生說他知道淺沼的家，說淺沼是一個樸素高尚的人，不知爲什麼這位男生的發言至今還是記憶猶新。這是戰後的民主主義教育，當時我根本一無所知，然而記憶當中就是六月的這一天開始，我決心等上大學之後，自己也要搞學生運動。下這種決心不是因爲我讀過馬列著作，而是因爲我相信這是正義。

要說這種教育是好還是壞，我至今覺得還是好，因爲它萌發了幼小心靈的正義感，和日教組③批判等是不同層次的東西。最近，韓國和日本的學校欺負同學、校園暴力等問題嚴重，最大的原因我覺得是現在人們把教師當作一種純職業，而忘記了教書、育才是教師本身的使命。家庭教育當然也很重要，但我覺得如果不給幼小心靈一些感動的話，算不上是教育。從這個意義上來說，吉田松陰先生的私塾教育是理想的教育，這裡曾培養出很多明治維新的志士，主要是因爲人們受他那大公無私的正義品格和一顆力求將每個人的才能引發出來的善良心靈的感化，這種教育和現在的偏差教育截然不同。

我無法按捺內心的激動，未等上大學，進入高中後我就沉迷在《裝甲車與青春》、《我們逝去的美好日子》等與六年安保有關的書裡，後來又捲入了反越戰運動和日韓鬥爭。這是我第一次接觸韓國，但當時對韓國和韓國人沒有一點興趣，只是爲了鬥爭而鬥爭。後來我飽嘗了日韓鬥爭的失敗感，開始整天泡在爵士咖啡廳裡，當時聽到了中國文化大革命的消息，但仍然沒有一絲熱情。

高三的秋天，「十．八」羽田鬥爭剛結束不久。一天走在放學回家的路上，看到在弁慶橋上與武裝警察對抗的三派系學聯的色彩鮮豔的鋼盔帽的時候，不知爲什麼我心裡的正義感突然像火焰般又重新燃燒起來了，內心暗自下定決心要重新開始。

重考的時候看了岩波電影播放的《黎明前夜的國家》的影片，這決定了我今後的人生方向。這是一部有關中國文化大革命初期東北地區的紀錄片。最後的鏡頭給我留下了極深刻的印象：紅衛兵高舉紅旗，手握毛澤東像，在冰封的雪地上邁著矯健的步伐，朝著地平線行進。從這裡，我彷彿感覺到人類的未來，看到了另一個新的世界，於是我開始極力想接近中國。

上大學後活動很繁忙，每天都得參加遊行。在大學裡認識了一幫來自東南亞的華僑留學生，彼此來往密切。當時，他們都住在中央線的三鷹車站附近，他們的日本語學校國際學友會在大久保和東中野之間，後來很自然地就和他們交往了。我經常光顧他們的宿舍，一直待到吃完晚飯後才回家。因晚飯一個人吃不經濟，大家每天輪流當班做飯。附近的留學生也一起加入，他們做中國菜，和大家聚在一起吃的中國飯菜覺得分外香。

新加坡和馬來西亞留學生特別關心中國文化大革命的動向，香港留學生則相對稍微冷淡一些。但因他們畢竟和中國有關聯，也是不得不關心。那時我才剛開始學中文，只能聽他們討論，久而久之，我能分辨出他們的方言了。廣東話、福建話、潮州話、海南話等等。出生在新加坡、馬來西亞的華僑能講好幾種方言；香港留學生在一起的時候，廣東話是他們的共同語言。在這種環境的薰陶下，自然而然地學會了廣東話的日常會話。

大學持續封鎖，全共鬥運動發展到全國，我嚮往去中國的願望日益加深。一年級放暑假的時候，從橫濱坐船到香港去，在三鷹結交的S留學生家裡住了一個夏天，當時想如果時機合宜的話，還計畫到中國大陸去看看。但到了香港，讓我大吃一驚，街上到處都貼著文化大革命的標語，到商店去的話，裡面的店員擁護紅衛兵運動的情緒特別高漲。

這次雖然沒能去中國大陸，但在香港我已充分感受到了文化大革命的氣息。後來，我乘船到台灣和沖繩之後回國。第二年，我做好充分的準備，組織了學生訪中團，在文化大革命的熱潮中，到中國各地尋訪了一個月。那時，日本的全共鬥運動破滅，逐漸轉成了紛爭的時期。那麼高潮的運動爲什麼突然破滅？人們對此眾說紛紜，這不能簡單概括成各有各的人生觀。

但有一點可以說的就是，中國文化大革命、法國五月革命、美國的學生運動等一連串的運動，帶來了一個價值觀轉換的時期。公害問題、環境問題、身障者問題、種族歧視問題等，今天已經變成了常識性的東西，但可以說這些都是從那時代的運動中產生出來的，不能說毫無收穫；但是至今仍有不少人默默舔著自己傷痕，這也是個不可否認的事實。

全共鬥運動的同時，還發生了「入管鬥爭」，這是因台灣的留學生劉彩品決定放棄台灣籍加入中國大陸籍，而日本法務省拒絕簽發簽證並強制遣送回台灣一事引發的抗議活動。後來劉女士很幸運地到中國去了。和亞洲人如何成爲一體的討論，導致了新左翼的分裂。他們高唱「血債思想」、「亞洲革命大合流」，但這些就亞洲人看來，純屬口頭上的一體。

一九七〇年七月七日，全共鬥和新左翼的各派聚集在東京的日比谷戶外音樂堂，舉行了「七七蘆溝橋」事件三十三周年紀念集會。集會上華僑青年鬥爭委員會的L先生對聲稱要和亞洲連爲一體的日本新左翼進行抨擊：「你們新左翼口頭上說是連爲一體，但實際上，你們是安住在壓抑民族的民族主義意識裡面……還有，你們日本新左翼一直有排外的意識。」這就是所謂的「華青鬥抨擊」。這一天全共鬥運動的思想完全瓦解了，對這種抨擊誰也無言反擊。

說明稍長了一些，但這是我去新加坡留學的契機。因爲要想更瞭解亞洲，必須學會中文，因而我決定去新加坡留學。日本的留學生們告訴我，南洋大學是東南亞各地華僑捐款所建的一所中國語教育大學，於是我毫不猶豫地選擇了這所學校。在馬來西亞留學生Y的幫助下，替我介紹了新加坡的保證人L，就這樣，我開始了自身和亞洲人連爲一體的人生。這是從樺美智子的死所萌發的正義感開始邁出的第一步。

在新加坡認識的一位朋友突然有一天對我說：「韓國窮得要命，簡直讓人吃驚！」因他這一句話，我又去了韓國，並在那裡遇到了我的妻子。從妻子那裡，我學到了不少東西。

日韓兩國之間，「反日」、「嫌韓」的情緒還一直持續著。我覺得雙方如此對立的主要原因，是彼此努力站在對方的立場考慮的態度不夠，沒有互相諒解，爲對立而對立。以此來爭鬥勝負，實在是一件不明智的事。我也是機緣巧合娶了韓國人，在反日思想強烈的韓國，不難想像妻子精神上的壓力不小，孩子也爲此犧牲了不少。但日韓兩國的爭執，總需要有人出面來調解，我提筆寫此書的目的，但願能夠通過我們家庭生活的紀錄，消除一些韓國和日本的冤怨。

相互理解，其實並不是很容易，通過書中介紹的不少事例就能明白這一點。不只是異國婚姻，無論是哪對夫妻，如果沒有彼此的忍耐和努力是不會長久的。我期待我們夫妻之間的經歷，能夠消除宿命的兩民族之間的一些誤會。

①全共鬥運動：六〇年代末期的日本學生運動。
②赤銅鈴之助和月光假面：日本昭和三〇年代（五〇年代）漫畫的主人公。
③日教組：日本教師的工會組織。

1・與妻子的邂逅

「細心體貼」這個詞

學期結束，收到了在日本學校就讀女兒的成績單，班主任在評語欄裡稱讚女兒很「細心體貼」。韓國籍的妻子問我：「這裡的意思我不明白，幫我翻成韓語。」這麼一說，我突然覺得不知所措。因爲有位在日本住了很長時間的韓國朋友曾經問過我：「有個日語單詞，無法把它翻成韓語，你知道這個詞嗎？」原來他說的就是「細心體貼」這個詞。

查字典一看，韓語的解釋爲「富有同情心」、「推測」之意，但這也無法表達「細心體貼」這個詞語內在的深刻含義。從結論上來說，韓國人不知道什麼是細心體貼。因爲沒有這個詞語，就意味著沒有這種心情，沒有這種行爲。

在韓國，從小無論是家庭教育，還是學校教育以及社會教育中，沒有「細心體貼」這一類的教育。在日本，從幼稚園、小學開始就教育孩子「要團結友好」、「不要給別人增加麻煩」，但韓國不是這種教育，他們強調的是「爭奪第一」、「勝過別人」。

常常聽說韓國父親對於因爲工作的關係，讓孩子在日本的幼稚園和小學上了幾年學，結果回到韓國後，無論什麼事都落後於其他同學的情形感到很棘手。細心體貼別人的過程中，別人在各方面都領先超過自己。這樣一來，他們要重新回到韓國的社會也不是很容易。

我和女兒去公園的時候，常常可以看到這樣的情景：在玩鞦韆的地方，小孩子們都排著隊，這時有帶著孩子的母親或是外婆過來了，二話不說，不但帶著孩子到最前面去，還要把正在玩的孩子也叫下來，讓自己帶來的孩子先玩。其他的孩子好像也覺得這是理所當然的事。

這事好壞另當別論，這是韓國人的行爲模式，只考慮自己，不顧他人。他們認爲體貼別人，擔心給別人添麻煩是極其不聰明的表現。我們夫妻吵架的原因常常是因爲我憂慮、體貼和關心別人而引起的。按妻子的話說，這些都是不相干的事，接著就是發牢騷說：「你有那份閒心的話，多考慮考慮我的事。」日本人和韓國人似乎很相像，但兩個民族居然是如此不同。

漢江風光

我家四口人，大女兒上小學高年級，小女兒讀幼稚園，家住在漢江邊。七〇年代後期，女歌手惠銀姬因演唱〈第三漢江橋〉（現在的漢南大橋）這首歌而出名，我家就住在這橋頭的高層公寓裡。

漢江將漢城分爲兩半。江的北面爲舊城，江的南面爲新城，稱爲江南。舊城叫作市內，乘出租車說到市內去的話，司機就會把你帶到舊城去。江南到處聳立著高層公寓和韓語稱爲「筆魯拉」的高級公寓。

漢江可以說是漢城的容顏。我二十年前留學韓國的時候，還沒有進行河川的規畫，冬天河裡結冰，還曾在上面滑過冰。現在這裡規畫成漢江市民公園，是市民休息的好場所。

市民公園裡有游泳池，有寬闊的草坪。公園裡整天有練習賽車和跑步的人，非常熱鬧。如果天氣好的話，我們全家也會每天出去散步。特別是夏天，這裡是晚飯後乘涼的好地方。公園的角落裡有一個「自然學習農園」，可以觀看各種蔬菜成長的情形，還有種植了各種花草的花園，市民在這裡可以和自然進行交流。

漢江的整理規畫是從八〇年代開始的，以前漢江的灌木叢中還有零星的幾家烤鰻魚餐館，那是另一種風情。河川規畫整理時，也一併治理了每年梅雨季節時洪水氾濫的漢江水患。但之前幾年發生的事給我留下了深刻的印象，當時持續下了幾天的暴雨，整個河川規畫區都被洪水淹沒了，防洪壩也快要決堤。如此緊要時刻，漢城市民也只是認爲只要自己的地方安全就沒問題，絲毫沒有危機感。理所當然的，我的妻子也是毫不在意。

這種想當然耳的思考方式是韓國人特有的。幾年前，北朝鮮的高層說要把漢城變成火海，日本企業一聽，趕緊讓職員及其家屬回國，反應很敏感；但漢城市民倒是一點都不介意。妻子也是一副若無其事的樣子說：「他們只是不甘心，說說而已，不會動眞格的！」

每月十五日的「民防日」（防空演習日），人們也是漠不關心。居然還出現過北朝鮮的逃亡戰鬥機侵犯領空時沒拉空襲警報的事件。當事者是一點都不在意，但旁觀的日本和美國卻對北朝鮮的毀壞行爲和奇襲攻擊憂心忡忡，想來也覺得可笑。

從歐亞大陸的地形來看，英國和日本屬於島國，義大利和韓國屬於半島國家，他們彼此之間有非常相似之處。不緊不慢的性格（也可以說是馬馬虎虎）和超出情理的開朗和樂觀，可以說是韓國人的強處；但從經濟營運方面來看，這種想當然耳的性格毫無疑問會發生意外，這樣一來，ＩＭＦ（世界貨幣組織）體制也是順理成章的事。

但回過頭來仔細想想，如果沒有這種樂天派性格的話，要和北朝鮮在日夜對峙的狀態下生存也是很困難的。作爲一家之主的我，在考慮家族安全的時候，如果要在戰爭可能性較高的漢城，和地震可能性較高的東京兩者之間選擇的話，我會選擇漢城。現實當中，一方面是地震的可能性較高，另一方面，與周圍都是樂天派的人生活在一起覺得心裡踏實。

家譜

妻子的老家在全羅北道的農村，從漢城走高速公路要花三個半小時。大女兒上學之前，經常回丈母娘家。「丈人」、「丈母娘」韓語稱「丈人殿」、「丈母殿」。第一次，我照著教科書上所學的稱呼他們，結果被妻子罵了一頓，說就當是你自己的親生父母稱呼他們爸爸媽媽，他們會更高興的。

大女兒從小和外公外婆生活在一起，是在大自然中茁壯成長的。韓國有一種有名的狗肉火鍋，叫做「補身湯」，有驅暑消熱作用。鄉村每戶人家都養狗，常用自己的狗跟別人交換做「補身湯」，那時大女兒說很好喝，吃得津津有味，但最近一提起這話題就說別說了。

英語的詞 deep south,heartland 很能引起人懷舊的心理，在韓語中「全羅道」也是如此。現在當選爲總統的金大中就是全羅道出身。因全羅道的開發比較晚，成了現代化和城市化之前的韓國人生活的原鄉，感覺就像母親的懷抱。慶尚道曾經出現過好幾代總統，但就沒有這種故鄉的感覺；漢城附近的京畿道和忠清道也沒有這種感覺，韓國人心裡的故鄉還是全羅道。

古三國時代，全羅道屬於百濟，慶尚道屬於新羅。後來新羅和唐朝聯合滅了百濟，於是很多百濟人來到日本，和當地人一起建立了日本國。丈母娘家附近有一個叫彌勒寺的百濟遺址，妻子上的小學叫彌勒國民學校，站在校園的操場上，聽著蟬叫聲，彷彿可以將你帶回到那遠古的時代。我也許有可能是百濟

韓國農村景致

人的後裔，總覺得對全羅道有一種特別的親切感。

韓國的料理，有名的幾乎都是全羅道料理，朝鮮辣白菜聽說也是全羅道的最有名。妻子也很挑剔菜的味道，去年夏天全家一起到釜山洗海水浴，她當著別人的面就埋怨釜山的料理不好吃，這種行爲好壞另當別論，但韓國人氣質最濃的確實是全羅道。妻子也說：「要認識韓國人，首先努力瞭解我，因爲我是百分之百的韓國人。」韓國人有長處也有短處，我雖盡力欣賞他們的長處，但總是被他們的短處所壓倒，並常因此引起一些爭吵，但最終也總是我輸。

有趣的是，金大中當總統之後，使用全羅道方言的電視劇增多了。以前慶尙道執政時，很多電視劇使用慶尙道的方言，派駐韓國的日本人也聽習慣了，經常模仿慶尙道方言。現在我的全羅道方言毫不遜色，尤其精通罵人的話。

回到鄉下丈母娘家，也沒有什麼特別可做的事。丈人常給我們講「六・二五（朝鮮戰爭）」時期的故事，講自己是如何從北朝鮮兵手裡逃出來躲到深山裡，還有殖民地時期的日本人的事情等，但我最感興趣的還是他們的家譜。

韓國人的血緣關係很強是十分有名的。日本說親戚六眷，但現實中，只有三親等的家族意識，但韓國人八親等、十親等也是常見的。八親等以內叫做「堂內」，到十親等叫做「家中」，表達這種血緣關係的詞語特別繁多，學韓語時，記住這些詞語也費了不少工夫。

這種血緣意識具體表現在家譜上，妻子家的家譜，足足有電話簿那麼厚。我的妻子正好是第五十代，聽說始祖是五世紀中國吳王夫差的一族。家譜裡記載了一族五十代的名字和官銜，裡面還有文祿時期①與秀吉軍戰鬥過的將軍名字。

韓國的親屬意識和日本明顯不同。另外韓國的農村還有一點是和日本截然不同，中國也是一樣，即韓國的農村都是同姓同族，但日本的農村都是異姓異族。日本株式會社有著強大的凝聚力，它的根源即在此，因日本是不同姓名、不同種族的人集中在一起，共同勞作、共同舉辦各種喜喪事，並一起慶祝各種節日。

中國和韓國的農村因爲是同姓同族的親屬，不同於日本這種無血緣關係社會發展起來的人際關係，他們不是很擅長集體勞作。因爲是親屬關係，有依賴心，即使稍微出些差錯也不會引發全村制裁。日本這種無血緣的關係可以直接轉換成公司和社會的關係，而韓國則轉換成家族公司。

因而韓國公司職員的歸屬意識、集體意識、夥伴意識等方面，形式上和日本好像是一樣，但其實似是而非。韓國人因爲他們不擅長和他人一起工作，所以靠血緣關係結合在一起的公司、財閥等，對他們而言是很自然的存在。

住在鄉下，比較困難的是洗澡，因爲沒有澡堂。七〇年代的韓國，即使是在城市，家裡有浴室的也不多，都是使用外面的公共澡堂，街道上到處可以看到公共澡堂的煙囪，好似日本昭和三〇年代（一九五五年——六五年）的情景。那時女生也只能一星期洗一次，男生一般是每兩星期一次，有的連一個月也不洗一次。韓國屬於大陸性氣候，即使很長時間不洗澡問題也並不是很大。我在鄉下時，二、三個星期不洗澡也是常有的事。

但是，一旦去澡堂，就會泡上那麼一兩個小時。韓國比較有代表性的是擦澡，現在日本也很流行。大女兒在日本的時候，妻子也經常在通風的浴室裡給她擦澡，所以每次洗澡都會感冒。我對妻子說：「在日本每天洗澡就行了，用不著每天都擦澡。」但妻子對我的話充耳不聞，反倒說：「你每天只是進澡盆，不擦澡的話，一點也洗不乾淨的。」倒打我一耙。

在日本，女兒常和父親一起洗澡，但這在儒教國家的韓國是無法想像的事，所以我從來沒有和女兒一起洗過澡。如果我對妻子說要和女兒一起洗的話，肯定會被殺死，因韓國儒教戒律十分嚴格。按他們的生活規範，韓國人把日本人說成是野蠻人也是可以理解的。日本曾發生過堂兄妹通婚，嫂子與弟弟再婚的事情，這些從韓國人的良知來看不是人做的事。要想在韓國平安地生活，知道禮儀和習慣之前，要先懂得他們的生活規範。

①文祿慶長時期：日本豐臣秀吉侵略朝鮮時期的年號。

男性中心主義

韓國的農村有一種牧歌的情趣，翻過小山或丘陵，就可以看到一個個小村莊。韓國的行政區劃分爲「道、郡、面、里」。里就相當於日本的村莊，就像前面提過的同姓族人的集落。鎮守村莊的不是神社、檀那寺之類的建築，而是家族的宗廟（祠堂）。祖宗的墳墓建在四周的丘陵上，從上面可以俯瞰村莊。

村莊的中心是一個廣場，周圍有公共汽車停車場、雜貨店、村人集中的洗衣處和茅亭等。村裡的房屋有的很結實，有的是好像就快要倒塌的土牆。黎明前夕，雞叫聲、狗叫聲此起彼落。早晨起床後用井水洗完臉，走出大門一看，地平線上的村莊被朝霞覆蓋，只能依稀看見高山的頂部。

朝霞中，第一班公共汽車開過來了。這些公共汽車來往於城市和村莊之間，是村裡的生命線，每隔兩小時一班。第一班公共汽車坐的幾乎都是學生。妻子上中學的時候，還沒有公共汽車，每天要步行六公里去學校。放學回家經常是順路在市內的市場上買些生活用品帶回家，那時妻子是一家人的生命線。聽說她的書包裡，經常會露出帶魚的尾巴。

大女兒也有一段時間，從這裡到市內的幼稚園去，但和妻子當年的情況完全不同。現在幼稚園都有專車接送，統一的制服和帽子，背著雙肩背包，上車之前首先問候老師說：「老師，早安！」回來時說：「老師再見！」這種情景和日本一樣。

小舅子的女兒和大女兒一般大。小舅子曾經栽培過朝鮮人參，人參的價格很高，但培植的時候很費力，到上市要花五年時間。第五年容易遭小偷，所以小舅子就在旁邊搭個小屋睡在裡面。村裡的空地是孩子玩耍的地方，大女兒和表妹經常一起在這裡玩，和妻子小時候一樣。鄉村的生活對大女兒來說是一種很好的體驗。她的表妹現在也不住在鄉下了，最近回老家時，許多舊房子都拆了，建成了美國式的住宅。

第一次在娘家用餐，桌上擺滿了豪華的料理，上桌用餐的只有男人，女人包括母親在內都在廚房用餐。聽說日本的九州也有類似的事情，但在男子中心主義的韓國是司空見慣的。

留學期間，保證人S家裡每次舉行法事的時候，都會邀請我去。在那裡也是一樣，法事大家都參加，但是結束後只有男士能吃桌上豐盛的食物，女士在廚房吃別的。

這種男子中心主義從法律上來追究的話，我是受害者。韓國的法律是以父系社會爲基礎，因而在國際婚姻的情況下，孩子應該歸入父親的國籍，這一點韓國和日本相同，但有一點不同的是：在日本，外國男子和日本女性結婚的話，在日本國內不用就職或讀書等也可以取得長期居留簽證，家人共住就更不用說了。

但在韓國，與韓國女性結婚的外國男性，得不到長期居留簽證，要想在韓國長期居留的話，必須另外再想辦法就職或是讀書取得簽證。我和妻子一起到入境管理局協商了好多次說：「我們都結婚了，而且還有小孩，這不是開玩笑嗎？」但還是行不通，入管局的工作人員說：「女性結婚後，應該到男方的國家去生活。」他語調的平淡讓我吃驚。我至今還是一直沒有簽證，我去韓國，每次只能停留十五天（二〇〇〇年三月開始延到三十天），即使能夠申請取得九十天的簽證，但是每次申請也是挺麻煩的，很不方便。尤其是考慮到年老之後的生活，不發給配偶長期居留簽證是極其不人道的。

隨著經濟的發展，到韓國打工的外國人也越來越多，據統計已達到數十萬人。其中也有不少和韓國女性戀愛結婚的，但在ＩＭＦ時期，外國人成了首先被解雇的對象。沒工作，就意味著沒簽證，不法停留也沒有收入，一旦被發現還要被強制遣送回國。這時也無可奈何，只有留下妻子，告別自己的孩子返回本國。這種現象越來越多，而這種作法，使亞洲各國對韓國的評價越來越低。

妻子的哥哥幾年前開闢了果園，種了梨和蘋果。蘋果的品種是富士；梨的品種是新高。每到春天，美麗的花開遍整個山丘。葡萄、桃、橘子等日本的品種遍布了整個韓國。在韓國的農村，不可思議地也能夠感受到日本的氣息。湖南地區（全羅道）在殖民地時期和日本也有著深遠的關係，這裡是韓國最大的糧食地帶，大量的稻米從這裡輸送到日本，那時是很正規的買賣和貿易。解放後，韓國的學校居然教育學生說是日本帝國主義沒收了稻米，年輕人當中有很多人囫圇吞棗地接受這種教育。幸好我的妻子忘記了學校所教的，而且她是個只相信自己親身體驗的人。

餐桌

每到夏天，我家的餐桌上總會有「豆奶麵」這道菜。在冰豆奶裡加上麵條，再放上一些黃瓜絲，最後加上一點鹽，不喜歡的人，也可以不加鹽。這是一道很簡單的菜，但我在日本的韓國餐館裡從來沒看過。在韓國，如果餐館的牆壁上貼著「開始供應豆奶麵了！」的紙條，這就意味著夏天到了。在日本，魚和中華冷麵是預告夏天到來的食物。

日本人常常會誤認爲韓國人每天吃烤肉，其實不然。家庭料理以辣白菜和一些小炒爲主，肉倒不怎麼吃。我覺得韓國料理是以各種各樣的湯爲主，餐館也是以牛尾湯、排骨湯、牛骨湯、辣牛肉醬湯、白菜醬湯等各種湯爲主。家庭裡除了醬湯以外，還要加上一道豆芽湯或是牛肉蘿蔔湯、海帶湯等，總之湯是必不可少的，韓國人會把飯放在湯裡吃。

我家除了湯之外，還有一道必不可少的菜就是魚。日本常將魚分成每人一小塊，但在韓國是把整條魚端上來，大家一起吃。一九九六年夏天，韓國鬧霍亂，據說是因爲在某個港口打撈上來的魚和貝裡出現了霍亂菌，這一來，漢城市內的食品店和超市全都看不到魚的影子。那時候，家人一起到外面去吃套餐，上的是烤魚和生魚片，我正要吃的時候，妻子趕緊給我打了手勢。

她的意思是魚危險不要吃，只是在店員的面前不好意思大聲說出來。我不顧妻子的手勢吃了起來，這下妻子惱怒了，說：「你吃這，得了霍亂怎麼辦？」我說：「你擔心得霍亂的話，就不能去東南亞旅遊了。」我和妻子爭辯著，但最終還是沒有吃成。

這時，我想到的是韓國人的飲食文化和日本人不一樣，他們會這麼輕而易舉地將魚倒掉，是因爲他們是遊牧民族的後裔，不同於對魚有深厚感情的日本人。

商店和超市等賣魚的市場裡，也很少能看到像日本一樣的魚切片。韓國人經常吃的青花魚、鱈魚、霸魚和帶魚等，都是整條整條地擺放在店裡賣。這並不是意味著韓國的家庭主婦很擅長剖魚，買魚的時候，店員會問魚是烤還是煮，然後根據顧客需要給剖好。

我常常買整條魚，他們都會很吃驚地看著我，因爲韓國人不吃魚的內臟和魚頭。爲此我倒是得了不少便宜，大頭魚和巴哈魚的魚頭、鮭魚魚子、鱈魚的魚白等，幾乎是不用錢賣給我。韓國人很喜歡鮑魚，但他們把鮑魚的肝扔掉；然而要是牛的話，從腦袋到腳掌到內臟沒有不吃的部位。妻子說看到我吃魚肝會有想嘔吐的感覺，被她這麼一說，我有一種被疏遠的感覺。文化之間的差異有時會讓你覺得可畏。

還有幾個可以說明韓國人是遊牧民族的事例。住在韓國的住宅區，幾乎每天都可以看到搬家的人。韓國的公寓一般都高達十五層到二十層，搬東西必須使用像有雲梯的消防車似的車子才行。從地面把樓梯架在平台的窗戶上，然後把東西放在樓梯上像電梯一樣滑落下來。

搬家這麼勤的其中一個原因是房子的租賃制度。韓國不是每個月付房租，而是一次將房價的一半左右付給房東，房東把這錢放到私債市場獲取高利，因而不用每月付房租。契約一般是一年，用不著繳保證金和押金，所以隨時可以很輕鬆地搬家。

我留學的時候，放寒暑假等長假時，學生每次都退房回家，新學期開始時又重新找新的地方，當時我很驚訝這種情景。妻子說韓國人很講究心情的調節，發生好事也好，發生壞事也好，覺得有必要調節心情了，就馬上搬家。

現在妻子說想調節心情要求搬家。我們的搬遷是從東京到北京，從北京到漢城，從漢城到東京的國際性的移動。一旦做出決定就馬上付諸行動，整理好行李之後馬上就出發，和蒙古人整理行李摺好蒙古包移動的情形一模一樣。我想可能韓國人在遺傳基因上還存有北方遊牧民族的體質和氣質。

妻子來日本或是回韓國時，總是只有一個行李箱。到了日本，有時只是租一個沒有家具，甚至連棉被和窗帘都沒有的房間，在窗戶上貼上報紙，再買一床被子，一家四口全睡在一起吃飯盒度日，如此環境下也能生活。我想即使是朝鮮半島發生戰爭，也不用太擔心。

韓國的海水浴也是一點意思都沒有。離海岸不過咫尺近的地方就有一根繩子圍住，自此不可越雷池一步。才剛游到腳踩不到底的地方，一看，已經到了繩子圍起的界限。跳台就更不可能有了。對身爲遊牧民族的韓國人而言，與其說是游泳倒不如說是在水裡玩。可能是受儒教的影響，男女老少有不少人都是穿著衣服在玩水。

同這相比，海洋民族的日本人和遊牧民族的韓國人有著明顯的不同。去年夏天非

韓國辣白菜

常熱，各處的市民游泳池每天都大爆滿，但是因爲傳言眼病流行，妻子說：「今年不能去游泳池。」女兒滿心不悅，妻子無法理解日本人的血液中，流淌著嚮往大海，想要親近水的心情。

話題回轉到餐桌上。現在來看看日韓鹹菜的不同，人們通常將辣白菜和蘿蔔乾相比較，但我想把辣白菜和梅乾作爲比較的對象。冬天來臨的時候，是韓國浸泡鹹菜的季節，這時人們會浸泡大量過冬用的各種蔬菜。二十年前我在漢城留學時，每個家庭都浸泡了大量的白菜和蘿蔔。最近因溫室栽培普及，冬天也可以買到新鮮的蔬菜，所以不做過冬泡菜的家庭也開始增多。因爲商店和超市都可以買到，我家也不怎麼做了。

做辣白菜有很多祕訣，在此暫且不談。在我看來，韓國人對辣白菜的感情和日本人對梅乾的感情是一樣的，出門在外時總想吃，同時也是生病時的特效藥。日本的「太陽旗飯盒」①相當於韓國的「辣白菜飯盒」。

二十年前在韓國，學生的飯盒裡只有小麥飯，另外再用一個小瓶裝上些辣白菜，很簡單。女兒上的是日本人學校，日本的家庭做的飯盒比較豐盛，但我家女兒，還有其他一些韓國人的小孩，飯盒裡的菜只有辣白菜和紫菜，女兒說這最好吃。妻子聽到這話的時候，總是有點得意洋洋的。

妻子在日本待得時間長了，吃飯時只吃辣白菜和辣椒醬的話，就說明她是開始想家了。看到這信號後，我就得趕緊做好搬家到韓國去的準備。

①太陽旗飯盒：米飯的中央配以紅色醃梅子的飯盒。

陷入韓國

我是一九七一年開始對韓國感興趣的。「我已經厭煩了住在狹窄的日本……」受過去胡匪這首歌的影響，我開始了到大陸大展身手的嘗試。當時中國大陸門戶關閉，我因而轉到馬來西亞半島前端的新加坡去留學，由胡匪變成了雄虎①。

新加坡的南洋大學由東南亞華僑捐款所建，是中國語教育的理想聖地，美國和俄國的外交官也曾在此留學。我在這裡聽到了「林彪事件」和尼克森總統訪華的新聞時，感到世界圍繞著中國在騷動。

當時新加坡的經濟還未開始高度成長，沒有什麼高樓大廈，最高的建築不過是中華街七、八層高的華僑總會大廈。南洋的生活清貧而樸素，我常在夜攤上吃晚飯，夜攤的主人也有少年模樣的。

有一天，突然一個高年級的同學對我說：「這裡儘管貧窮，但用不著太多衣服，吃的東西也很多，我前一段時間去韓國，那個國家的貧窮使我大吃一驚。」聽到這話，我受到了很大的震動，我來到遙遠的新加坡，卻對自己的鄰國一無所知。

後來結束東南亞各國的旅行，回國後，立刻就做好了去韓國旅行的準備，那是七三年春假的時候。我乘上從東京到西鹿兒島的夜行列車，在下關下車後轉乘關釜渡輪，到了釜山港。港口的背面是一座光禿禿的山，雖然隔了一個玄界灘，但第一次看到釜山的風景還是有大陸國家的感覺。氣溫好像日本的隆冬，沒有一點綠意。

沿著褐色的大地，我開始了從釜山到漢城的旅途。途中讓我感覺十分溫馨的是紅紫色的杜鵑花和耀眼的黃色連翹，枝葉上盛開的連翹和杜鵑花，預告著嚴寒冬天的結束，春天的到來。

這次旅行的印象特別深刻。住宿各地的便宜旅館時，韓國人對我這個窮學生特別親切；走在街上，常常會被擦鞋或是賣報紙的少年包圍。寒風中人們穿梭來往，但居然很少人穿大衣。在漢城、慶州的博物館裡，看到很多人在佛像面前默默禱告，讓我感受到韓國人信仰的虔誠。

我的妻子也是一個虔誠的佛教徒，她認爲寺院和佛像不是觀賞的對象而是信仰的

佛祖釋迦牟尼像

對象。去年春天，爲了對女兒進行社會教育，我帶著全家人去奈良、京都旅行。在寺廟裡她不准我們拍照，說：「我是信佛祖的，絕對不進日本的神社！」因爲她的堅持，結果沒能參觀有名的神社。女兒也是掃興而歸，這次修業旅行也就變成了朝拜旅行。

日本各地的住宅區裡有「自治會」，韓國的公寓裡則有「班常會」。妻子去了一次之後，總是一再找藉口說不去。班常會的班長對我家孩子很好，碰到的時候總會聊很多，但妻子常常大發雷霆說那人居心叵測。

參加班常會的時候，班長總會說基督教的事，就是這個原因使她不願意去。韓國有一千萬的基督徒，二百萬的天主教徒，對總人口只有四千萬人的韓國來說是一個相當大的比例。漢城的街上，到處都可以看到教會的十字架，就連小村莊裡也有教會。

掀起韓國基督教熱潮的原因有很多種說法，純福音派出現之後，更是爆發性地增長。這個教派的教會是日本人難以想像的，他們高聲呼求：「使我當社長！」、「讓我賺大錢！」爲追求這些純屬現世的利益而變得恍惚。有些神父也是以賺錢爲目的，爲了尋找一個新的商機，很多人成爲神父。

教會勢力至今仍被認爲是反政府勢力的磐石，他們吸收了很多知識分子和文化人。全斗煥、盧泰愚曾是佛教徒，但金泳三前大總統是基督教徒，金大中大總統則是天主教徒。上流階層和學生當中，基督教徒多於佛教徒。我留學期間遇到的美女都去教會，當然也有男生跟著她們去教會的。

我曾三次上當受騙，對方都是韓國人，而且三次碰到的都是基督徒。在日本，虔誠的基督徒給人一種誠實的印象，但可能因爲韓國的信徒比較多，其中難免有些魚目混珠的。在美國和中國等國家，韓國人的教會不只是禮拜的場所，也是一個資訊交流的地方，人們在此交換生活情報和商務資訊。

韓國人愛好宗教一個很明顯的指標是書店。日本的書籍文化非常發達，到處都有書店，而且新出版的書也很多；而要在中國找書店則很難。但在韓國，書店也和日本一

漢城教保大樓

樣繁盛。

七〇年代漢城最大的書店是「鍾路書籍中心」，這家書店也是有名的等候場所。我們常說「韓國時間」就是絕對不準時。韓國人之間說：「在鍾路書籍中心見吧！」那就意味著你將要在那裡耐心看書等待。

八〇年代在鍾路一街一號，即漢城市中心的「教保大樓」地下一樓出現了一家超大書店「教保文庫」，這家書店開張之後，「鍾路書籍中心」也就蕭條下來了。我到市內去的時候也總是要去光顧一回，看看出了些什麼新書？在韓國，詩集和宗教方面的書籍比重較大，我覺得韓國人在詩和宗教方面是個很優秀的民族。

韓國人很喜歡政治，認爲自己是政治傑出的民族，但喜好和擅長是兩回事。他們的政治和外交無法和中國、美國相比，內政也沒有什麼值得誇耀的地方，無論是李朝黨派紛爭還是解放後的歷代總統，結局都很淒慘。

我相信韓國將來會出現大詩人和大宗教家，但我不相信會出現大政治家，也希望韓國人對這一點能早些醒悟。「百分之百韓國人」的妻子也很喜歡政治，電視裡的政治討論絕不錯過，看完之後，總是很沮喪地說：「我要生來是個男的話，說不定現在當上總統了。」我只好安慰她說：「到時女的也可以當總統的！」

① 雄虎：日本昭和三〇年代流行的漫畫的主人公，活躍在馬來亞的密林裡。

留學

因爲對韓國的旅途印象特別好，回國之後，我就著手準備去韓國留學。那時，因爲金大中的逮捕事件、詩人金芝河等死刑事件、民青學連事件、在日韓國青年文世光暗殺朴大總統夫人陸英修女士等一連串的事件，使得日韓之間的關係越來越惡化。

爲了加深和在日韓國人的交流，我去參加了各處的韓語補習班。當中也有去韓國留學過的人，因當時在ＫＣＩＡ中受到的驚嚇太大，都說再也不想去第二次。據說那時非但是反動分子，就連僑胞也是一對一地監視，惹得他們特別反感。後來，我實現了去韓國留學的夢，那時從日本來的信件都被拆封檢查了，七〇年代的韓國是如此情形。

那時，東京新宿的黃金街或是二丁目①，籠罩了七〇年代安保鬥爭受挫的氛圍。黃金街的Ｈ處是年輕人聚會的地方，我也是那裡的常客。Ｋ通信的大阪支局擔任赤軍派的Ｃ先生有一次正好坐在我的旁邊，兩人因而結識。Ｃ幾乎每天晚上喝酒，一邊喝一邊談論文學。那時他把當時最暢銷的書《公安記者日記・激進派毀滅作戰》的作者介紹給我，這就是現在S社的漢城分局局長K先生。

和K先生見面後我才知道，他也是打算去韓國留學而正在學韓語，因而我們是志趣相投。後來一起到教韓語的在日韓國人L小姐那裡強化韓語，被邀請參加過好幾次的金三奎先生的「高麗評論」沙龍，現在回想起來好像作夢一般。對「未知國・韓國」抱有如此高度熱情的日本人在這個時期一個又一個的湧現出來，現在活躍在日本的韓國評論家大多數都是在這個時期前後，去韓國留過學的人。

K先生和我在一九七八年才好不容易拿到韓國大學的入學通知書。在漢城擔任分局長的K先生沒什麼問題，但我要取得簽證必須有一個韓國的身分保證人。那時正是韓國當局剛逮捕早川嘉春和太刀川正樹的時候，這種危險關頭，沒有一個人會爲與自己毫不相識的人做保的。我求助日韓議連、日韓貿易商社等單位，一切努力都是白費。當我把我的難處告訴廣島的一個黑社會頭頭Y的時候，他馬上命令自己認識的黑社會韓國人S做我的保人，這是我第一次感受到這些法外之徒的濃厚義氣，對他們存有萬分感激。

S是當時一家韓國賭場的老闆，我到韓國時，他的手下開著高級轎車來迎接我，讓我驚嘆不已。就這樣，我開始了韓國的留學生活。人和人的緣分眞是不可思議，留學期間，S一直把我當做家人似的對待，對此我內心有無限感激。

日本江戶時代的「寺子屋」是教平假名、片假名和算數的民間學校；韓國的「書堂」和「鄉校」是李朝時代進行兒童教育的地方，他們背誦漢文、學習儒學。爲了能夠考中科舉，他們得學習很難的課程，有點類似日本的藩校。去鄉村的話，還可以看到古代的「書堂」或是「鄉校」。

「書堂」任教的老師稱爲「士人」，相當受知識分子和清廉高潔的人尊敬。有學問的人，就有地位和權力，這種李朝社會的傳統至今還保留著。韓國的考試有如地獄，其程度比日本還嚴重。家庭教師和預校在韓國也很盛行。大學考試的那天，快要遲到的考生有警車爲他們在前面開路，整個社會把大學考試看得特別神聖。

在韓國留學期間，我走訪過很多學校，讓我吃驚的是每一所大學都建在高山和丘陵上，從山上可以俯瞰大街小巷。漢城大學的前身是殖民地時期的京城帝國大學，它和日本的東京大學和京都大學一樣，剛開始也建在市區的平地上，後來或許是因爲「韓國的名牌大學不應建在市內」的觀念，才搬遷到江南的冠岳山。原本也有要隔離學生運動的意思——冠岳山的高度十分適合登山，半山腰有一個高爾夫球場，後來爲漢城大學所有——不過因曾是高爾夫球場，所以有水池、草坪，是一個風景非常優美的地方，雖然學生們上下課十分辛苦，但無論老師或學生似乎都很滿意，因爲他們覺得校園在越高的地方越偉大。

如此遠離世俗，在另一方面來說可能會變得不懂人情事故，因而韓國學生遊行具有時髦性、觀念性和幼稚的特點也是無可厚非的。韓國的學生運動不同於美國和日本的學生運動，他們不進行自我否定和權威否定，反而是依仗權勢，例如金日成的權勢、大學的權勢等。中國文化大革命和日本全共鬥運動是將一切權勢打破，而韓國的學生運動也許是受「四·一九」學生革命運動的影響，學生運動本身成了一種權威。

因爲喜歡小巷，儘管離學校比較遠，我還是選擇住宿在市內光化門附近的傳統韓式住屋。到學校去乘公共

冠岳山漢城大學

汽車要花一個半小時。韓國的公共汽車上很嘈雜，每到一站停下來，就有很多小販上車來叫賣。叫賣的小販一邊說明商品的特性一邊將商品放在乘客的膝蓋上，就這樣先轉一個來回，然後等回收商品的時候，想買的人就付錢。小販當中也有一開始就聲稱自己是窮學生的。

公共汽車裡嘈雜的另一個原因是司機將錄音帶的聲音放得很大。最近，因搭乘公共汽車的人不多，大部分改乘地鐵，現在叫賣的小販又跑到了地鐵裡，大聲地宣傳新商品。我突然想到，在東京的地鐵裡是不可能看到這種情景的，日本可能一方面是因爲明文禁止，另一方面，我覺得是國民性的區別。韓國人認爲在地鐵裡賣東西沒有什麼不可以，而日本人的觀念是認爲這會給別人帶來不方便。韓國和日本是在各自的觀念上建立起來的兩個不同的國家。

妻子在日本的時候總是說日本好像機械化的社會，特別壓抑。整理得太有秩序、太有規律、太嚴謹了，簡直沒有一點空隙。東京的街道，狹窄的道路被整理得像塞在小箱子裡的庭園，讓人覺得窒息。街道兩旁的樹木也被修剪，看起來像個盆景。

韓國則完全相反，到處都是縫隙。新高樓聳立的舊市內也好，繁華街道的江南也好，只要進了小胡同，就有擦鞋匠、各種飲食店和毫無秩序的按摩店等。街道兩旁的樹也是自由生長，汽車和計程車可以無視號誌燈的存在。

百貨店的停車場規定，如果買的東西沒有超過規定的金額的話，必須要付停車費，但只要說一聲：「請多關照！」對方也會睜一隻眼閉一隻眼讓你離開。違反交通規則的時候也是如此，妻子說了一大堆的理由之後，警察也就不追究了。稅金和關稅等也是，你如果好好協商的話，也可以少付很多。韓國是一個和別人對話能占到很多便宜的社會。日本警察態度冷漠地說：「這是規定，不許走！」來日本受到這種待遇，把日本人想成機械化或沒人情味也是無可厚非的。

街道上要是有人打架，圍觀的人當中肯定會有一人出來仲裁；在沒有號誌燈的地方，計程車司機各自隨心所欲地往自己想去的方向開導致堵車的時候，自然而然會有人出來整頓交通。和不愛管別人閒事的日本社會相比，的確是非常充滿人情味。

不知是否是韓國以前很貧窮的時候留下來的風俗？商店裡現在也賣給你一根香菸、一塊口香糖；感冒的時候，也賣給你一粒藥；進餐廳，夥伴當中只有一個人點菜，其他人都只是喝茶水、在餐館裡吃自己帶的飯盒，也沒有人說話。

這幾年生活富裕了，時髦的咖啡屋也多了起來。我留學的時候，學生喝酒的地方是在中華料理店，吃的是炸醬麵、炒飯、餃子等，喝的不是只有二十五度的韓國燒酒，而是五、六十度的高粱酒，用筷子邊敲著桌子或碗邊唱歌，與現今的卡拉ＯＫ和種類豐富的酒店相比彷彿是隔世的感覺。

法國人走後，在越南留下了法國麵包；日本人離開韓國後，留下了鹹蘿蔔。在韓國，去韓國料理店的話，會上辣白菜；但進中華料理店或西餐廳時，會上鹹蘿蔔。留學期間，吃厭了宿舍的韓國料理時，常會到中華料理店和西洋餐館去。

比較大眾化的西洋料理有炸牛排飯、漢堡飯和蛋包飯等。完成學業後，因工作關係也常去韓國，和妻子相識之後，兩人也常去西洋餐館，當時西洋餐館比較時興。學生時代，兩人約會是在更簡陋的麵包店最裡面的座位，當時的飲茶店裡有老闆娘和女服務員，現在想來，那種地方眞不是約會的好地方。談起西餐，不由得想起了和妻子的戀愛時代。

① 黃金街、二丁目：東京新宿的小酒吧街。

結婚

留學結束後，我在美國人壽保險公司工作。爲了在韓國物色合作夥伴，很快我又重新回到了韓國。這次來不像學生時代，下榻的是高級飯店，吃的也是賓館或高級飯店的食物，我想當時我的胃一定是非常吃驚。

當時韓國的人壽保險公司只有六家，和比較大的三家公司進行交涉後，最終談成了的只有韓國第二大的大韓教育保險（現在的教保生命）一家。大韓教育保險的創始人愼鏞虎畢業於大連一中，因爲他自己那時一邊打工辛苦賺學費，一邊勤奮學習，後來就想出要建立教育資金和人壽保險組合爲一體的教育保險，於是他和弟弟鏞義兩人建立起這麼一家大公司。愼兄弟倆是全羅道出身，公司職員也幾乎都是全羅道出身，當時整個公司對全羅道出身的金大中當選大總統給予了很大的支援。

當時的一位常務董事，現在成了金大中大總統左右手的P先生，介紹了一些全羅道出身的朋友給我，當中有我現在的妻子，從此我和全羅道的緣分也就越來越深了。每當我回憶去韓國的旅途時，就覺得和妻子的邂逅是命中注定的。

妻子當時在學做時裝，後來我告訴妻子：「第一次見面的時候，好像就有一種結婚的預感。」妻子說：「我也是同樣的感覺。高中的時候，不知爲什麼居然和同學說將來要去日本，那個同學則說她要去美國，後來她果眞到美國去，我也和日本人結婚了，想來眞是不可思議。」我以前讀過在日朝鮮人作家金達壽寫的小說《玄海灘》，作品裡把女主人翁劉連淑描寫成理想的韓國女性形象。從妻子身上我也可以感受到一種古樸的傳統風格，同時又有一種天眞浪漫、堅毅的感覺。結婚之後的觀察大致和之前想的一樣，但她比一般人更堅強。

妻子的事暫且不說，我把和她的相遇當作是命運的安排，很快就開始交往了。男

韓國傳統結婚禮服

女之間的感情也是不可思議的東西，很多時候無法說明爲什麼看中對方？看中了對方哪一點？我們之間也是這樣，至今也沒有答案，一定是前世有緣。從開始交往到結婚，花了四年時間，因爲妻子的父親反對我們的結合。後來也不知道妻子是怎樣說服父親的。那時在韓國，把女兒嫁給日本人需要相當大的勇氣，被嫁的日本人同樣也需要很大的勇氣。「日帝三十六年」，日本把韓國當作殖民地統治了三十六年是一個原因，解放後的反日教育也有很大的影響。和妻子的父母見面好像是昨天才發生的事，我們一起在漢城的燒烤餐館吃晚飯。那時，他們能夠赴席，就說明他們同意了我們的婚事，這是在瞭解日韓兩國關係的背景之下，爲了女兒的幸福，再三考慮而做出的決定，他們很有勇氣。

近年來，各種媒體討論「反日」、「嫌韓」、「厭韓」，但這對異國婚姻的我來說、對日韓混血的女兒來說，都是毫無意義的東西。高喊「反對日本」、「厭惡韓國」這些口號的人，在我們看來只覺得愚昧可笑。結婚時，我的伯父從日本趕來，結婚典禮上他如此祝詞：

「幾千年前，很多人從韓國來到日本，傳播文化並和日本人一起建設日本國。韓國可以說是哥哥，日本是弟弟。今天，兄弟兩國之間能夠喜結良緣，實在是一件可喜可賀

昌慶宮

之事。日本的神話當中，有海幸彥和山幸彥的故事，教導人們兄弟之間應該彼此和睦相處的道理。今後在日韓關係上，也衷心祝願兩人能夠朝這方面努力。」

我的保人S先生也來參加了我的婚禮。我總覺得S先生是一位很了不起的人，因為他對日本沒有一點偏見。S在「六．二五」（韓戰）時期——儘管他那時還是中學生，曾拿槍與退到洛東江的北朝鮮軍隊戰鬥過。後來逃到日本，在流氓世界展露頭角，衣錦還鄉。可能是因為他一直待在靠實力吃飯的世界裡，所以沒有國籍間的人種歧視。他的人緣很好，日本的流氓來韓國遊玩時，都要來拜訪他。

韓國人的「反日」情結，在某方面我覺得和他們的文化特性有關。韓國古三國時代以後，新羅、高麗、李氏朝鮮、大韓帝國是一貫的王朝制度，後來日韓合併李王朝滅亡。解放後，大韓民國誕生，喪失了自己擁護的王朝，這點和日本的歷史有很大的區別。

日本經歷了鎌倉、室町、江戶和幕府幾個朝代的更換，二次大戰失敗之後，也一直保存著天皇制度。戰後，日本也是以象徵性的天皇制度爲中心而進行了重建，但韓國以什麼爲中心？他們喪失了目標，誰也不能主張絕對的正統性，因而政治鬥爭持續不斷。

這種狀況下，爲了尋找一個心靈的依託，或著可以說是一種統和民族的手段，從而產生了反日思想。從此，無論哪方面，漸漸形成了和日本相比較而進行自我存在的再確認的習慣。對於韓國人來說，日本是他們精神的根基，沒有日本的話，就沒有競爭對手，或者可以說沒辦法確認自己的價值觀。這種沉重的落差成了彼此雙方交往的障礙。

「反日情結」、「嫌韓情結」這種東西是極其複雜的。要使雙方能夠感情融合，沒有其他辦法，只有統一思想，即統一思想方式。我們夫妻之間不存在「反日」、「嫌韓」

的情結，主要是因我們彼此站在對方的立場上考慮，同是夫妻，同是弟兄，只有這樣才能解決這個問題。我眞希望韓國的領導人中能有一些這種想法的人，如果相信佛教的輪迴轉世思想，那麼日本人和韓國人的彼此摩擦是毫無意義的。

和妻子談戀愛的時候，我們最常去的是電影院。當時韓國的電影以妓女片和悲戀劇爲主。電影結束的時候，妻子總要到洗手間去，因爲掉的眼淚太多，臉上的妝都給搞糊了。最近，每次回日本都會看每天晚上七點開始的節目《想和你再一次相見！》、《目擊！記實！》等，這些節目比較有意義的地方在於分析日本的社會現象，但看的時候會讓你痛哭流涕。最近韓國也開始有類似的節目，妻子看這類電視的時候，總會淚眼汪汪，而我是一滴眼淚也不掉，妻子總說我是冷血動物。

日本的電視節目大多數是模仿美國的，韓國則是模仿日本。日本流行的時裝在韓國也會流行得很快，但影響最大的是日本漫畫。媒體都說漫畫比較低俗，但在豐富多采的日本文化當中，韓國偏要引進這種低俗的東西，而且現在所有的國民都沉浸在這種文化當中。

小說《長恨夢》也是日本的小說《金色夜叉》的仿製。將《金色夜叉》主人翁貫一和宮改名換姓爲李守一和沈順愛，其他故事情節沒有太大區別。有些大學教授也是從研究室裡一大堆的日本文獻中原封不動照抄，把這說成是自己的觀點。

韓國政府一直禁止日本文化的輸入，直到金大中執政時宣布解禁，但實際上進展不大，因爲各行各業擔心一旦日本文化輸入韓國的話，自己的飯碗就難保了。但是另一方面，日刊報紙的電視節目表裡每天都刊載著日本NHK的衛視1台和2台的節目；韓國年輕人包包裡裝著日本的漫畫和時裝雜誌參加反日遊行；有錢人的家電不是三星和LG，而是SONY和松下。說是反日，禁止輸入日本文化，可能還有心與口不符的一面。

日韓互相往來，人數每年超過好幾百萬。日本是個什麼樣的國家？日本人是什麼樣的國民？有不少人已經對日本的現狀瞭如指掌，雖是這樣，各種媒體還是宣傳「反日」的口號。通過媒體來煽動「反日」最容易達到自我滿足，軟弱的政府有時也會強行進行反日。

最近，韓國政府宣布對天皇的稱呼使用和日本相同的稱呼，但媒體仍要故意作對，稱呼爲「日王」。演著這種兒戲，硬是要把日韓關係往壞的方面搞，我覺得媒體的罪過重大。

同一個公寓裡，有兩個和大女兒同年齡的韓國小孩。一九九六年，竹島問題（韓國的獨島）再一次點燃的時候，兩個小孩在大女兒面前唱學校教的歌〈獨島是我們的領土〉，從那以後，大女兒就不怎麼和她們在一起玩了。

韓國曾經批判北朝鮮的思想意識教育，但在孩子的思想意識裡灌輸反日教育是五十步笑百步。灌輸反日思想的心情我能夠理解，但這是一種排外行爲，從整個歷史的教訓來看，對韓國的將來不是一件好事。

長女誕生

在韓國，舉行儒教的祭祀，一定需要男子。長男接宗傳代，祭祀祖靈。沒生男孩的話，女方被休，或是男方在外面生孩子也毫無怨言。最近的年輕人，女性越來越強勢，這種事情也越來越少了，但許多人內心還是希望生男孩。大學時期的一個朋友，爲了生男孩，連生了四個女兒，最終無奈只有放棄了。因爲在韓國有直到生下男孩後才罷休的傾向，所以女孩的比例比男孩高百分之十。

我有兩個女兒，我並不是說非要生男孩不可的人，妻子幸好也沒有那種負擔。在韓國生下男孩的話，把他當作玉似的小心撫養。近年脫離不了母親的男孩增多了，人們爲這種狀況擔憂。現在孩子出生率降低，對獨生男孩又過分保護，韓國的將來也是有些令人擔憂。

大女兒出生的時候，我們住在東京。女性眞是很偉大。妻子語言不通，東京也沒有親戚，經常一個人去家附近的婦科醫院產檢，最後大女兒終於順利誕生。但可能因爲是第一胎，花了很長的時間，半夜開始腹痛，到大女兒出生時已是天空露出魚肚白的時候，妻子的眼裡也含著安心的眼淚。看著被白布包裹的女兒熟睡安詳的面容，好似莊嚴而神祕的佛像，整個產房也覺得彷彿有神佛的特別保護，而那天窗外飄著滿天櫻花。

大女兒出生後有一段艱難的日子。因當時進的是一家私人醫院，院長的夫人做了些補充營養的食物，妻子不吃，讓我回去給她做海帶湯和黑芝麻粥，說是在韓國產婦都吃這些。醫院的食物沒能吃一點，對院長夫人感到十分抱歉。就這樣，到出院爲止，妻子和女兒就是吃這海帶湯和黑芝麻粥。

小女兒在漢城出生，因爲是第二胎，妻子進分娩室之後，很快就出來了。這次因爲是在韓國，醫院提供海帶湯，不用我做，省了不少事。但那天正好是大女兒運動會的前一天，要給她準備飯盒，又要到醫院，也是忙得不亦樂乎。大女兒在運動會中也是神不守舍的，無法按捺期待已久的妹妹將要誕生的喜樂之情。

兄弟姊妹之間也很不可思議。同是一個母親生下來的，但有時性格完全不一樣。我家兩女兒的性格也是完全不同。血型，大女兒和我一樣，屬O型血；小女兒和妻子相同，屬B型血。韓國在孩子滿周歲生日時會盛大慶祝，並舉行一種儀式。在桌子上擺著鉛筆、米、錢、線，讓小孩從中抓一樣，然後根據抓的東西來占卜這小孩的未來。大女兒抓的是鉛筆，說將來能成爲大有學問的人，小女兒抓的是錢，說將來不愁沒錢花。米是代表事業成功，線是代表長壽。

韓國人對小孩說話用「半語」，這是種很粗魯的詞語。妻子說和天眞可愛的孩子不能使用這麼粗魯的詞語。因「半語」聽起來不悅耳，所以我也不贊成這種用法。在日本，對孩子也是使用敬體，日本的母親一般稱自己的孩子爲某某君。妻子不理解地說：「對孩子爲什麼要用敬語?」

據說解放前在韓國罵不聽話的孩子時會說：「警察來了!」那時日本警察是最恐怖的象徵。妻子疼愛孩子的同時對孩子的要求也特別嚴格，小女兒不聽話時，大女兒對她說：「媽媽會生氣的!」聽到這話，她會變得老實；但說「爸爸會生氣!」是一點都不管用。

妻子無論多麼累，每天早上都會給兩個孩子燙制服、梳辮子，日日如此。這種時候，從妻子的臉上流露出對孩子們的無限關愛；在百貨店裡爲女兒挑選衣服時，也總是興高采烈的。我爲女兒能有這種母親而感到幸福。

情

這是七、八年前發生的事。妻子的父親，即我的丈人突然去世。當時我們住在東京，聽到這消息之後，馬上趕到成田機場搭飛機趕回漢城。一到家門口，妻子看到了父親的遺體，就和母親和姊妹們嚎啕痛哭起來。以前，我對妻子說過：「在日本，家裡親人去世的時候，要忍住，不能讓別人看到你的眼淚。」妻子罵我說：「日本人眞是冷血動物！」但我最終還是無法嚎啕痛哭，只是低著頭，默默地跪在妻子的旁邊。

韓國人用情很深，感情很豐富。他們從不壓抑自己的感情，而是將自己的感情直接流露出來；但是日本人會壓抑自己的感情，強忍著不讓眼淚掉下來，因此韓國人認爲日本人「很狡猾」、「不可信」。日本的這種禮儀方式是延續武士階層的作法，在人前不能太張狂，也不能哭得不成體統，我跟妻子說過很多次，但她每次都當作耳邊風。

住在學生宿舍時，同學之間彼此共用牙刷、甚至共用內褲，這讓我大吃一驚。還有女生之間彼此牽著手走路不用說，男生之間也是手挽著手走路。在韓國，警官、軍人或警衛都是兩人一組去執行任務，有時也可以看到警官們彼此手挽著手的情景。他們並不是同性戀，那是在彼此關係親近的人之間，一種很正常的行爲。這種親近的關係得常常用體膚感覺才放心。

大女兒小時候，我按照日本式的作法，讓女兒睡在中央成「川」字形，妻子大怒說：「你開始討厭我，有別的女人了嗎？」我辯解說：「不是，這是日本的習慣。」後來看了日本的電視卡通《蠟筆小新》後才有了實證。但妻子看到我的父母分別睡在不同房間裡的時候，就會一個人百思不解地說：「日本人眞是冷漠！」的確妻子的父母年老後也是兩人同睡一個被窩。

有個韓國朋友喜歡喝酒，每天要到凌晨才回家。我問他：「你不怕你老婆嗎？」他眨著眼睛說：「沒關係，夫妻不管回來多晚，早上起來只要同睡在一個被窩裡就可以。」這可說是至理名言吧！對韓國人來說，體膚的接觸是件非常重要的事情。

日本旅館在夫妻兩人去住宿的時候，也是準備兩床被子，但在韓國則只準備一床被子，而且不是什麼雙人被，是像日本一樣的小被子。這可以說是保持夫妻關係良好的韓國人的智慧。

韓國人單身赴任的情況極少，因爲他們覺得這是一件不好的事。在S公司工作的高年級同學K先生單身赴任已經快二十年了，妻子也認識他。他不在場的時候，妻子總是說：「他的妻子眞可憐，這一生也被毀掉了！」爲自己的女同胞感到憤憤不平。我解釋說：「人家妻子也理解，他每星期都會打電話，二、三個月回一趟東京。」妻子還是覺得難以理解，她說沒有女人願意嫁給這種男人的。這種情形，作爲日本人的我也能理解，但對這樣的相處總感覺有些疲憊。

人是因情而相交往，愛情、友情等沒有情就不存在了。韓語當中常用「多情」這個詞語，日語裡「多情」是「水性楊花」之意，但韓語則爲「富有同情心」和「和睦」之意。韓國人無論誰都多情，所以無法忍耐孤單，整個民族都害怕寂寞。韓國很少有孤高自賞的人。「多情」有時讓人覺得麻煩或是繁瑣，但重視和別人的交流及體膚的感覺並不是一件壞事。

韓國的電視劇都是一個主題「家庭」，脫離家庭爲主題如日本的偶像劇幾乎沒有。也不知道妻子是在什麼地方學會說「清淡」這個詞的，她說日本人什麼都太清淡了，父子關係、手足關係、戀人、公司，所有的關係都是清淡的；和這相反，韓國則是任何關係都是濃密的。家庭、公司或公寓裡，大家都是共爲一體，不存在什麼禮節而總是相互侵害別人的私生活和干涉別人的事情。

韓國人和不相識的人也經常搭話。比如說，在等公車的地方，難以忍受大家都沉默的場面，會有人開口說：「車怎麼這麼晚還不來？」或說：「今天眞冷！」以此打開話匣子。坐計程車時一定會和司機聊天；搭電車時旁邊有人看報紙，自己也會伸長脖子一起看。這種行爲在日本被認爲是不禮貌、不成體統，但韓國人心胸可能更開闊些，一點也不在意。

看到這種情景，不由得對最近日本的個人主義產生疑問，有些方面會讓你覺得，爲什麼要那麼自私自利？以前日本有早上起來清掃自己門前並灑水的習慣，這種行爲看起來是很好的，但其實有點自私自利。現在的日本人則已經完全鑽進了利己主義和個人主義的小胡同裡。妻子來日本後，感到最受打擊的是抱小孩坐電車，沒有一次有人讓座。在韓國，人們一定會讓座給老人和帶小孩的人。

韓國人在某些方面，儘管有些粗野，但精神世界裡，他們更富有人情味。從感情冷淡、人情味淡薄的日本，來到感情濃厚、富有人情味的韓國生活，儘管民族不同，但在這裡能夠感受到一份溫馨，有這種感覺的絕對不只是我一個人。

妻子的誤會

結婚後我們住在東京，因爲妻子一個人從韓國來到異國他鄉，我擔心妻子會太寂寞，於是把我的朋友，包括女性朋友都介紹給妻子認識，但這犯了一個大錯。剛開始妻子什麼都沒說，但有一天終於爆發出來了，她怒氣沖沖地說：「你是已經結婚的人，爲什麼有那麼多女性朋友？結婚之後，不可以和其他女性來往。」

剛開始，我不明白妻子爲什麼要生氣？我覺得異性朋友也是朋友，沒什麼不可以的。但妻子認爲結了婚的男人不可和其他女性有親密交往，因爲她認爲異性之間沒有純友誼。原來儒教國家是這樣一種價值觀，從那以後，我就會開始注意了。

但結果總是後患不斷，即使是很普通的日常會話，妻子也說是女友在誘惑我。有一次，朋友的女祕書代替朋友打電話來問我的日程，當時我外出不在家，妻子問她：「你和我丈夫是什麼關係？」那個祕書因曾和我見過幾次面，就說是朋友關係。等我回家後，妻子因這件事大發雷霆。

最讓我覺得難堪的是，我做了一位中國朋友的女兒來日留學的保人，她白天上學、晚上打工，因爲要辦理延簽手續，需要我的一些資料，她在晚上十二點打工結束後打電話給我。深夜年輕女子的電話，妻子二話不說，奪過電話筒，用那留學生能聽懂的日語把她痛罵了一番，當然也沒輕易放過我，狠狠地教訓了一頓。

生活在異國他鄉，白天我又上班不在家，妻子不免會去想像一些無中生有的事，這是標準的韓國女性，說是太多心，她會不高興。她無法用平衡的態度去看人和人之間的關係，只是自己一個人胡思亂想。我要是早知道這樣的話，就會注意一些，剛結婚時誤以爲妻子無論何事都和我的想法相同。

夫妻之間的爭吵，還有一件事妻子至今耿耿於懷。大女兒三、四歲時，爲了帶她去看大熊貓，我們全家去了北京。當時北京有我負責管理經營的公司，公司裡有很多職員。抵達北京後，他們專程爲遠到而來的我們全家開了一個歡迎會。中國是男女平等的國家，女性和男性一樣工作，我的得力部下是一位女性，相當出色。

雖然是歡迎會，也是自己內部的宴會，所以每當菜端上來之後，我作爲上司，每次都是從她開始，給我身邊的幾個職員分菜，這是中國的習慣。過去周恩來總理也曾用自己的筷子給外國來賓分過菜。我是按照中國的習慣而做的，但萬萬沒想到，妻子對我這種行爲充滿嫉妒和憤恨。

在韓國，如果男性用自己的筷子給女性夾菜，表示自己和這女性是戀愛關係。妻子怒氣大發，說那種行爲被周圍的人看著，自己簡直無地自容。習慣不同有時也是一件恐怖的事，後來我深深反省了自己的行爲。但妻子內心現在是否已經完全消除了這個疑惑，我不得而知。有時我以爲她已經忘卻了，但每次夫妻吵架時，她又把它當話柄搬出來。

後來，我們全家又搬到了北京。因爲當時沒有什麼娛樂活動，我怕妻子太無聊，所以每到週末，我就帶她去附近的一家韓語卡拉OK店。店員都是朝鮮族，語言也通，還可以唱韓國的歌，妻子好像唱得很高興。但這也有後患，從北京回到韓國後，因工作關係要到北京出差，妻子會說：「你是不是去見那卡拉OK店的老闆娘？」一副滿臉疑惑的表情，我當然是否認。到底她信賴我多少？我常常覺得非常困惑。嫉妒是愛情的表現，我也只有如此安慰自己。

2・女兒的學校

虛榮心

前兩天，和一位久違的日本朋友見面，他問我：「我有一位在日韓國人朋友，他的金錢觀與我完全不同，很難理解。聽說他向別人借了錢，但出手還是很闊綽，韓國人都這樣嗎？」我回答說：「大部分是這樣。」

韓國人喜歡華麗、虛榮，用妻子的話說：「韓國人不這樣做不行。」「不這樣做的話，韓國人不把你當人看。」他們喜歡根據服裝來判斷人。我愛穿便裝外出，但妻子不是很樂意，說是去散步或是到超市，不好好穿衣服會被別人嘲笑。

女兒上小學，妻子每天都給她穿名牌衣服。女兒和我都說日本學校穿便裝就行，穿得醒目反倒更容易讓人欺負，妻子不相信我們，硬是說不穿好衣服會被別人瞧不起。後來，學校舉行校園參觀和家長會，小孩和家長都是穿著便裝來，妻子從這以後才稍微有些改變。但夏天坐飛機去日本，仍要給女兒穿像童話裡灰姑娘似的華麗衣服，結果遭

韓服店

到了女兒的大大反對。

韓國人喜好引人注目，日本人則不喜好顯眼。在韓國，因爲是根據服裝來判斷人，所以很容易上當受騙。日本人認爲花錢在服裝上是件傻事，因而妻子在日本生活時間太長的話，會變得很鬱悶而脾氣暴躁。在韓國，女性穿著時髦的衣服，得意洋洋地闊步走在街上，路上的人會誇說：「眞漂亮！」妻子說，聽到這話會讓人覺得有一種說不出的快感，也能消除精神壓力。

但是在日本，即使是穿著時髦的衣服，好像時裝模特兒走在人群當中，誰也不會回頭看，誰也不會去注意你，因此妻子會覺得鬱悶。我對妻子說：「在日本，上下打量人是一件非常失禮的事，開口去品頭論足更是不成體統。日本人是儘管覺得你很時髦，人們只是裝作沒看見。」對妻子說這些話本是想安慰她，但一點效果也沒有。韓國人會坦率表露自己的感情，日本人則會盡力壓制內心情感，這是兩者的差異。

在日本，偶爾會帶妻子去燒烤屋吃韓國料理，但這卻更加深了她的精神壓力。在日本，爲了不將肉烤焦，肉是一片一片地烤；但韓國是將肉片堆成山似地一起烤，而不喜歡一點一點地烤。另外辣白菜、蘿蔔塊、生菜和大蒜等小菜在韓國都是免費提供，要多少給你多少；但在日本每一樣都要付錢，要想痛痛快快飽食一頓得破費不少。出於好心特意去了韓國料理店，卻更增加了妻子思鄉的心情，使她的精神變得更緊繃。

在韓國的日本料理店點生魚片的話，大頭魚和比目魚等都是整條整條端上來，兩個人也吃不完。總之外表是最重要的。韓國的中華料理店，糖醋肉的價格特別貴，原因在於量特別多，像堆山一樣。無論什麼都是如此，只注重外表。這種狀況下，日本人總是擔心自己的錢包。

在韓國，美男子的標準也有所不同。胖胖的、肚皮露出來的男性深受女性的喜愛。問妻子是什麼原因，妻子說是因爲看起來富有，這也是一種只求外表的表現。文章剛開始提到的那個在日韓國人，也是爲了向新朋友炫耀而大手筆地花錢。同樣的行爲，在韓國人眼裡爲善，日本人眼裡爲惡。

韓國農曆八月十五日是中秋節，這一天也是祭祀祖先的日子，農曆一月一日是新年，這兩個節日也是贈送禮物的季節，相當於日本的中元和歲暮。這個時節和日本一樣，每個商店都設有禮品專櫃。

其中最醒目的是用於燒烤的十公斤、二十公斤裝的冷凍牛肉，還有韓語稱爲「湊ㄍㄧ」的黃魚，韓國人很喜歡，可以烤著吃或是用油煎著吃，但價格貴得讓人害怕。「湊ㄍㄧ」裝在盒子裡或是用繩子串起來掛著賣，十條居然要二、三十萬韓元。喜好虛榮的韓國人互贈這種高價禮品來消除精神壓力。日本人常送肥皂、毛巾等作禮物，妻子因此認爲日本人小氣而瞧不起日本人。

韓國IMF時代的原因在於這種奢侈的消費弊病。最近十年來，無論是國家、企業或個人，如果說只有十萬韓元的收入，卻過著二十萬韓元的生活。日本人若有十萬日元的收入，一般是消費八萬，存二萬。

IMF時代，要求人民將黃金賣給政府，強制進行勤儉節約，這使得人們的精神壓力日益增加。雖是IMF時代，但韓國人虛榮的本質一點也沒改變。妻子說，現在是第六感開始啓動的時候，失業人口增多，同時又大力宣揚勤儉節約，所以大家都關注周圍人的臉色而不能大手筆地花錢，因而精神壓力很大。

紅包

狎鷗亭洞現代百貨公司是漢城有錢人購物的著名場所。幾年前，這個商場的客戶名冊流到外面而喧騰了一陣子。因爲家離這裡比較近，我常到那裡去購物。從停車場進商場的入口處，除雨天之外，每天都有人在那賣信封。有「祝賀結婚」字樣的信封，還有各式的航空信封，但大多數是沒有圖樣也沒有寫郵遞區號四方格的白色信封。

爲什麼在這種地方賣信封？我一直覺得不可思議，但不久後我就找到了答案。這裡是有錢人往來最多的地方，這種白色信封是拿紅包賄賂別人時用的。賄賂可以說是韓國社會的潤滑劑，有人居然光是靠賣這樣的信封來維持生活，由此可見其程度之深。

賄賂和偷工減料的現象是第三世界國家的特性，加盟ＯＥＣＤ（經濟合作暨發展組織）的韓國也經常發生這種事：聖水大橋斷裂，三豐百貨商店倒塌等，我想今後也很難避免這種事情發生。賄賂和紅包文化，已經滲透到生活的每一個角落，人們如果不這樣做，有時連生活也難以維持。

大女兒上日本幼稚園和小學時，妻子都要送禮給老師，我阻止了她；但老師來家訪時，她特意爲老師準備了豐盛的食物。我告訴她日本不必這樣做，但她打死不相信。

韓國的學校是需要給老師送紅包的，紅包的數額不同，老師對學生的態度也不同，特別露骨。低年級的學生家長給的紅包最多，所以老師們都搶著接低年級的班。不僅是學校，入境管理局、稅務局、警察局等地方，紅包也很管用；救護車、消防車來的時候，如果不給紅包，他們不會拚命開；公司、部隊，不給紅包的話，高升不了。妻子的親戚也曾跟我說過，如果能把他兒子弄到我顧客的公司裡就職的話，將給我數千萬韓

狎鷗亭洞現代百貨公司

元的報酬。

大總統的祕密資金事件和財閥捐款等，與遍及韓國上下的賄賂和紅包文化都是同一個根源。新聞記者一方面追究政治腐敗、糾舉財閥不法，但在家裡爲了自己的孩子，還是得給老師紅包；大學教授在大學裡批判政治家缺乏道德，自己卻接受學生家長的賄賂和紅包；教會和寺廟也是一樣。

我們這些在韓日本人，在這種風氣當中，剛開始有些不知所措，後來很快就掌握了在此生存的訣竅。首先學會了到酒吧給小姐小費，最好也給男服務員和樂隊；到飯店，給守門人小費，他會允許你的車停在飯店門口的正中間。比較慶幸的是，女兒上的是日本人學校，不用給老師紅包，……但心中突然有些不安，說不定當中也有給那些韓國職員和守衛人員的。

北京的日本人學校和漢城的日本人學校不同。北京和其他大多數國家一樣，大部分學生是日本駐外人員的孩子；但韓國的日本人學校的結構非常有趣，反映了日韓的特殊關係。

漢城日本人學校的學生可以分爲三類。第一類是派駐韓國的日本人子女，一九八八年漢城奧運會期間達到高峰，後來逐漸減少。第二類是在日韓國人（僑胞）的子女，在日韓國人當中有不少人以僑胞的身分，在祖國幹事業或是在此優閒度日，他們的孩子無論是在日本或韓國撫養，終究有一天要回日本，因而讓子女就讀日本人學校。

第三類就是像我家的情況，日韓的混血子女，在漢城日本人學校的比例特別大。因爲和韓國女性結婚的日本人非常多，但這些家庭的父親因工作關係，待在日本的時間特別長，因而大部分時間只有母子在家。我家也是一個月有一半的時間像這樣，對女兒們有無限歉意。

駐外人員的子女幾年之後回日本，僑胞和混血子女大多數是在韓國一直讀到初中畢業。要問他們爲什麼不在日本住，因爲大數人覺得還是韓國好，很多去日本後又回韓國，我的妻子也是這樣。儘管父母有這種隔閡，但孩子們是全然不受影響，仍是學習勁頭十足。大女兒引以自豪的是日本一個叫「帕妃」的團體，因當中有一名歌手畢業於日本人學校。她的簽名寄到了日本人學校後，女兒把她的簽名複印後貼在自己的房間裡。

漢城日本人學校最大的活動是秋天的運動會，這是極其普通的運動會。比較有意思的是僑胞和混血兒的子女們，都盤腿坐著，好似開宴會一樣，這是韓國運動會的娛樂方式。從這裡可以看出韓國人家庭聯繫比較強。妻子不是很喜歡日本人的運動會，說是沒有小吃攤和賣東西的，覺得特別冷清。韓國的運動會就像日本過年過節一樣，親戚聚在一起燒烤牛肉，一邊喝著燒酒一邊觀看，這是韓國運動會的特點。

大女兒轉學到漢城日本人學校的時候，突然不說韓語了，一個勁地主張自己是日本人。我說韓國人和日本人，哪個都可以，因為你是混血兒，但女兒還是主張自己是日本人。好像是有學生偷聽了父母的談話，說了韓國人的壞話。我想隨著年齡的增長，到時候她會明白的，所以沒有特別強調這一點。後來果真到高年級之後，她不太強調自己是日本人了。我不希望低年級時感受到的這種日韓複雜的情結，永遠存記在她的心靈裡。

漢城日本人學校每年發行一次名叫《漢江》的全校學生文集，女兒每次帶回來後我總會瀏覽一遍。裡面有關於小孩對韓國的感受的文章，也有和韓國朋友之間交流的文章，讀得時候覺得很愉快。六年級開始學習歷史，六年級學生的文章中，寫豐臣秀吉的朝鮮侵略、日韓合併，參觀戰爭紀念館和獨立紀念館時的感想等內容比較多。

日本孩子在韓國當地學習日韓的歷史，韓國的孩子們也學習歷史。讀這些文集的時候，感覺日本的孩子們在學習歷史的過程中，是承認日本的錯誤從而進行反省的態度；但韓國的孩子們在清一色的反日環境下接受日韓歷史教育，在他們的心裡到底留下了什麼印象呢？從他們內心裡流露出的是仇恨、憤怒、對立等情緒，每當想到這，心情突然會變得沉重起來。

中國的韓國人

韓國屬於大陸性氣候。每天看天氣預報的雲層移動狀況可以明白，韓國的天氣變化總是大約比中國的華北地區遲一天。中國黃河流域有二十四節氣，氣候按此節氣變化。立秋的日子，天空晴朗，萬里無雲；處暑的早晨，突然涼爽起來；冬天「三寒四暖」基本上也是周期性的變化，舊曆年過後，到處都開始暖和起來。

韓國的地勢學也受到中國很大的影響。日清戰爭的戰場曾在朝鮮半島，因爲戰爭，許多韓國人從半島上移居大陸，這就是現在生活在中國的兩百萬朝鮮族。大陸也有很多華僑來韓國，漢城的中心，即現在廣場飯店和教保大樓附近，曾是中華街，有過很多中華料理店。

我現在的工作是擔任日本各大企業的諮詢顧問，由於工作地點在中國，有時要去東京。漢城在北京和東京的中間，所以我有地利的優勢，從我家到機場只需二十分鐘，從漢城到北京只要一個半小時。東京成田機場的便利性遠不如此，從市內到機場所需時間很長。現在可以說是亞洲的時代，但東京成田機場好像在亞洲邊境的感覺。日本唯一直接與亞洲相連而且比較方便的是福岡機場，市內到機場的距離比較短，而且到漢城、北京、台北、香港都比較方便。

我因工作關係，比較關心韓國人的中國觀以及在中國的韓國企業動態。中國對韓國人的評價不是很好，北京的計程車司機說韓國人比較橫，很討厭他們。中國到李朝時代一直是韓國的宗主國，韓國的知識分子爲了學習中國的儒學和中國文化而神魂顛倒。但是，在經濟上領先一步的韓國人打入中國市場後，發生了很多拿著大把的鈔票而盛氣凌人的事件。

二十年前，在韓華僑據說有五、六萬，現在減少到二、三萬人。在日本有歧視在日韓國、朝鮮人的問題。韓國政府曾經反彈過日本的指紋建檔問題，但是在韓國，對華僑的歧視也很露骨，華僑被限定只能經營中華料理店，非常蠻橫無理；日本人在進行外國人登錄時，也被要求按雙手十指指紋。

「隨心所欲」是韓國人的特點。九二年和中國建立外交關係時，韓國就台灣問題一概不談，自作主張地斷交。韓國華僑大部分出身於中國大陸山東省，但大多都是台灣籍，中韓建交時，這些台籍華僑也和韓國斷交了。

山東省出身的華僑很多，因而韓國的中華料理店的菜單以餃子和炸醬麵等麵食為主，以前是按山東吃法吃生蒜，最近變成了吃生圓蔥和蘿蔔乾；另外還有拉麵，但麵湯是鮮紅的辣湯。

在韓國文字的洪水當中，每當看到中國料理店的漢字，在韓日本人心裡就有一絲輕鬆的感覺。最近，中華料理店大部分也是韓國人在經營，很多招牌也改成了韓文。我覺得要想打入中國市場，應該先把身邊的華僑關係搞好，但韓國人好像沒有這種想法。

日俄戰爭前，在滿洲進行間諜活動的石光眞清創作的《曠野的花》四部曲裡，描寫了當時滿洲的朝鮮人和朝鮮族群，從作品中可以看到當時有很多朝鮮人移居滿洲，最近移居北京的朝鮮族也不少。

這些人大多數在韓國企業工作，也有在朝鮮餐館、朝鮮夜總會工作的，去韓國的朝鮮人也很多。仁川和山東煙臺之間的輪船開通之後，有一段時間，漢城車站的前面有很多賣中藥的朝鮮老太太。現在大韓航空、亞航都有通往中國東北地區的直飛航班，朝鮮人的往來越來越頻繁。

外國人來到韓國，大部分從事的是3K或3D（英文危險，髒和難三個字的起頭）的工作。根據最近的統計，外國勞動者約有二十萬人，當中有五萬人是朝鮮人，實際上至少有十萬人。我因延簽手續，常去漢城入境管理局，入境管理局的二樓總是擠滿了不法停留的朝鮮人。他們即使被罰款還是願意待在韓國。朝鮮人主要在餐館洗盤子、駕駛公共汽車或是在工地賣苦力。

最近在區公所附近出現了介紹以朝鮮人爲對象的婚姻介紹所，假婚姻，讓他們來韓國打工，如此欺騙純樸的朝鮮人。中國的韓國中小企業裡，如日本電影《野麥嶺》描寫的悲慘女工史的現象也是層出不窮。他們覺得中國貧窮，做什麼都可以，有錢就自以爲是。這種想法一直持續的話，總有一天會受到反擊的。

這可能是身分歧視的問題，韓國人特別討厭身體殘疾的人和黑人，歧視人的用詞也是隨便就出口。洛杉磯暴動是黑人對此態度的回擊；在中國，也曾發生過中國人襲擊滿洲朝鮮移民的萬寶山事件，可能以後還會發生類似的事件。對韓國的IMF體制，中國人大有一種報復的心理，執政者應該更加深入地思考這個問題。

我完全不相信韓國的學生運動，他們只是高喊「金日成萬歲！」「民主化」，但對歧視問題和殘疾者問題——更廣泛地說是對弱者，沒有一點關心。學生和從前的兩班貴族階級沒多大區別。大學的教師和政治家演講時，常用「作爲領導」、「作爲知識分子」等作開頭，民主化好像還是很遙遠的感覺。

韓國人打入海外市場還有這樣一個側面。第一次石油危機之後，在中東國家靠石油重新建設的風潮中，韓國企業大舉進入中東，但同時也有很多韓國的企業進入香港、曼谷和新加坡等地，因而八〇年代，東南亞各地出現了「韓國綜合症候群」現象。

日本企業是率先打入東南亞市場的，當地很多日本駐外人員每天晚上都去夜總會。突然有一天，一組韓國客人來了，第二天、第三天，四組韓國客人來了，整個店裡開始變得熱鬧起來。老闆娘剛開始還很高興，但後來因韓國客人經常大聲吵架、掛帳不付款，老闆娘變得特別頭疼，再仔細一看，日本客人一個也不來了。

幾年前在北京還曾發生過這麼一件事，日本老闆娘因爲店裡韓國客人太多而覺得頭疼，突然有一天把店門關了，後來老闆娘只把新地址告訴了幾個日本常客。日本駐外人員把這樣的現象稱爲「韓國綜合症候群」。

高爾夫球場也是如此。日本的高爾夫球迷比較講究禮儀和規定，他們特別討厭天眞爛漫、旁若無人的韓國高爾夫球迷。北京郊外的順義有兩個日本人投資的高爾夫球場，一邊是日本人，一邊是韓國人，涇渭分明。

日本駐外人員開玩笑地說，「韓國綜合症候群」是劣品驅逐良品。但是試著到劣品的朋友當中，其實也是一件很愉快的事。從很久以前開始，男人的交往就是靠「喝」、「打」（即賭）、「買」（即嫖）而變得關係親近，「買」這裡暫且不談，「喝」和「打」（這裡指的不是打麻將之類的賭博，而是指當今流行的打高爾夫球之意）大多數也是韓國人和韓國式的。韓國人的喜怒哀樂比較激烈，剛開始可能有些令人不知所措，但熟悉之後會很愉快。韓國人和日本人相比，好像更懂得娛樂人生。

還有這樣的例子，是和北京的韓國記者們一起玩高爾夫球時聽說的事。最近德國的高爾夫球場，因韓國大使站著小便，從此禁止韓國人進出，說這簡直是不成體統。但話剛說完，這韓國記者從皮包裡拿出衛生紙，說是稍等一下，便跑到樹蔭底下去了。

這種事情算是雞蛋裡挑骨頭呢？還是覺得讓人發笑？這是對韓國人看法的分歧點。二〇〇二年的世界盃的成功與否，取決於日本人內心對韓國人的看法。不能只是把自己的觀點強加給別人，也應該理解別人的價值觀。

學歷至上的社會

在美國保險公司工作時，每個月有一星期或是十多天的時間我得到韓國客戶的公司上班。上有會長和社長，下有普通職員及在外推銷的老太太，接觸的範圍很廣。給我強烈的感覺是彷彿像軍隊式的命令系統。受儒教思想的影響，他們上下關係很嚴格，上面命令一下，上下一條心就開始行動。韓國人的個性鮮明，在部隊或是公司這種命令式的組織當中，居然能夠乖乖順服也讓人不可思議，從這裡似乎看到了一點韓國的組織祕密。

還有一件讓我吃驚的事是：偏重學歷的程度遠遠超過日本。資深保險員得受漢城大學畢業的年輕的科長的領導，而部長和科長則一定是有名大學畢業的。韓國財閥的創業者都是些沒有學歷的人，但是隨著公司的擴大，他們雇用漢城大學或是有名的私立大學畢業的人來堅固自己的組織，我認爲這是科舉制度的傳統。

我讀過韓國創業者的經驗談，後來參照這些內容，在雜誌上介紹過韓國的三十大財閥。他們的創業時期好像電視劇似的充滿傳奇色彩，有遠大理想和努力向上的精神，但成功之後卻變成了李朝時期的兩班（貴族）似地傲氣凌人，沒一點意思。韓國文化可以說是貴族文化，文化人過著貴族似的生活，這一點我不明白。文化教養和富貴本來沒有太大關係，但李朝社會時代，有文化和教養的也只是一部分的兩班（貴族）。

在日本，有像桃山文化似的豪華絢麗的文化，同時也有樸素端莊的世界。能劇和狂言是武士文化修養，一般平民的修養是文樂和歌舞伎。像西行和宮本武藏等人，在韓國的話，可能算不上是藝術家。拚命尋求富貴，在日本看作是不好的，但在韓國則無條件地認爲是好的。妻子是怎麼也無法理解日本的這種文化特性，追問我說：「賺錢爲什麼是不好的事？」原經團連會長的土光敏夫氏是財政界最高領導人，仍過著清貧的生活，韓國人不能理解。韓國好像沒有接受清貧思想的土壤。

韓國的商業界愛虛張聲勢。租用一流飯店、身穿高級時裝、乘坐高級轎車、以貴族口吻說話，整個社會都是如此。因我在韓國的保險公司上班的期間不長，他們也沒必要裝腔作勢，我和他們一起去吃午飯，晚上到居酒屋或夜攤去喝酒，一起度過了一段愉快的時間。

但這種愉快的時間很快就結束了，我的美國上司突然被解雇，上級長官都換了人，我親身體驗到美國企業的果斷性。後來我也離開公司，經朋友介紹去了矽谷，從事高技術冒險企業的工作。那時正好是韓國也想加入電子產業的時期，我也把幾個矽谷的冒險企業介紹給韓國的財閥。

這種時候，自己隻身走訪公司也不會有太大的效果，因此我透過韓國的朋友，請他們介紹了幾個關係親近的財閥。在韓國，血緣、同鄉、同窗等關係非常重要。僅有的三十至五十個的財閥好像是隔壁鄰居似的，彼此在什麼地方、做什麼都非常清楚，讓你感受到韓國財政界的狹小。財閥可以說是現代的兩班階層，財閥與大總統、政治家和高級官僚的關係都相當親密。要想在韓國贏得商機，得完全融入這個家庭似的社會。

十年前，我的工作據點轉移到了中國。

和朋友一起創立的矽谷公司，有某個日本企業的投資。後來這家企業要我幫助他們打入中國市場。矽谷在一個時期勢力很大，因爲預測不久將是中國的時代，所以決定將矽谷的經驗運用到中國，就這樣我在韓國的工作也就暫時告一段落。

我至今一直期待著能有機會到平壤從事商務，不久的將來北朝鮮一定會復興，到時日本、美國、俄國、中國和韓國等各國政府和企業之間將會有一場激烈的商戰，我覺得這將是一個很大的商機。

在中國工作時，經常能結交些韓國的生意人。中國的煙台、青島及東北的大連、瀋陽等地韓國人比較多，街上到處都可以看到韓文招牌。他們的活力讓人欽佩，北京各財閥企業的駐外高級官員經常一起吃飯和打高爾夫球，韓國財閥大量投入中國市場，但這次的ＩＭＦ之後，可能不會再投入太多吧！

在北京，比較有趣的是儘管南北朝鮮對立，但韓國財閥的特使們和北朝鮮有頻繁的接觸，北京好像是南北的情報基地。作爲旁觀者的我，覺得韓國的生意人眞是了不起。韓國因是與大陸相連的國家，因而對進入大陸沒有一點抵抗情緒。前兩天我到廣西去了，那裡幾乎沒有日本的企業，但已經有了韓國人的企業。

我曾經思考過用日本的技術和韓國財閥的資金，共同在中國搞些事業，但後來韓國進入泡沫經濟時代，沒能得以實現。妻子經常告訴我：「與其做很難的生意，不如開高級燒烤餐館。」喜歡燒烤的大女兒也在一旁附和著說：「這個主意好！」我回答說：「當餐館老闆好是好，但得先積攢資金。」因而這個話題也只是停留在形式上就結束了。

韓國製造

七、八〇年代多數打入韓國的日本企業，爲職員的流動率而煩惱過。因爲韓國職員在日本研修掌握技術後，就轉入到其他的企業裡。可能是因爲蔑視體力勞動和現場勞動，儘管是技術勞工，也有轉移到事務性工作的傾向。

韓國人也比較蔑視經商。韓國的商店叫做「卡給」，意思爲「假房子」，即做生意無非是假的姿態。洛杉磯暴動就是因韓國老闆心裡認爲超市主人不是自己眞正的姿態，黑人對韓國人的冷漠態度不滿而引起的。

韓國的老店鋪比較少，因爲無論是餐飲店還是其他什麼商店，成功之後就會全部賣掉，從此以後就不經商了，所以在韓國擁有幾十年或是幾百年歷史的老店很少見。日本人光做拉麵就是一連幾十年，做點心也是十幾代，這樣的人，在韓國人眼裡會被認爲是沒有才能的人。

蔑視體力勞動和蔑視經商等習性是李朝時代兩班氣質的殘留，人們認為優閒地讀書過日子是最理想的生活。可能是受此影響，白天優閒散步的中年男子不少。我在家辦公，白天多在住宅區裡散步或是到百貨公司去買東西，這在韓國是很正常的事，而且人們很羨慕像我這種優閒的生活。

但在日本的話，會認為這個人可能是失業了或是在做什麼不正當的生意，被人說閒話。在韓國就不用在意，如果我娶的妻子是日本人的話，她會說：「這麼遊手好閒，簡直是丟人現眼，好好找個安定的工作去吧！」但我的妻子從不說什麼，一點也不覺得這是羞恥的事。

我經常去附近的百貨公司逛逛兼作運動。百貨公司和超市都有賣進口貨的櫃檯，一聽進口貨好像是賣什麼高級品，但其實不然，只是賣一般的家庭用品，毛巾、鍋碗瓢盆、玉米罐頭和通心粉等食品。

韓國的財閥熱中於汽車、半導體、家電等名牌商品的出口，但日用品的品質特別不好，所以稍微富有一點的家庭都會到此來購買日本貨。

妻子每次來日本，總是買拖鞋、毛巾、牙刷、菜刀等一些很不起眼的東西，而且經常買很多。剛開始的時候，我還以爲她是不是不太正常，但女性很能分辨日用品的品質。

我問妻子：「爲什麼不用國產品？」妻子說：「因爲品質不好。」說韓國就連一個小漏盆都做不好。無論是家電還是汽車，外表不用說，實際耐用年數也只是日本的一半或是三分之二。也許是因爲如果做得太結實的話，接下來就不能很快再賣出新的，這也是追求虛榮的韓國國民性的表現，這種狀況可能一時也很難改變。

儘管韓國已經跨入先進國家的行列，但他們連一個日用品都做不好，也或許是不屑做。韓國經濟的發展是如此扭曲，韓國的政治家和財閥有必要到賣進口品的櫃檯前來好好看看。

日本的特點是無論什麼都是多品種少量生產，日本商場的物品種類之齊全是韓國人無法想像的。多品種少量生產主要是迎合用戶興趣愛好的多樣性，同時也分散風險，但韓國是完全相反。例如拿水果的品種來說，蘋果只有富士，橘子也只有溫室橘子，其他品種幾乎沒有。日本有橘和柑的區別，梨子有長十郎、二十一世紀等多品種的選擇，但韓國沒有選擇的餘地。這可能是農協和農家都在模仿別人的原因吧，旁邊的人賣某一個品種的話，人們都學著賣同一個品種。

到韓國旅遊，買不到什麼有地方特色的東西，釜山、濟州島、光州等地和漢城的食物也沒有太大區別，不管到哪都是些時髦的、容易賺錢的東西及各種名牌，沒有地方特色。

大女兒去商場時，一定會到賣文具的地方去。韓國的小學和中學附近，都有小小的文具店。國產品的質量很差，女兒總是買從日本進口的，特別是最近特別流行的小型貼紙，這可以說是多品種少量生產的典型。除文具外，日本的三麗鷗（sanrio）商品也普及到整個韓國孩童世界。

日本製造的家庭電腦、遊戲機、童裝等

路邊小吃攤

山菜拌飯

充滿韓國的孩童世界，但同時韓國繼續對孩子進行反日教育，這是一種矛盾。到韓國百貨公司去，能讓我思考很多東西。

韓國的觀光小冊裡，都會有東大門市場和南大門市場的介紹。日本觀光客幾乎都會到那裡去，參觀賣各種食物的攤子，韓國風味的海苔卷、魚餅雜燴、韓國風味香腸、天婦羅、生魚片、糯米餅等。賣東西的老太太們充滿著生氣和活力。

在市場上，觀光客可以從這裡看到韓國人的廚房氣氛，從這種意義上來說，作爲一個新的觀光景點，商場的地下美食街也很有意思。漢城市民如果沒有什麼特別的事一般不去東大門和南大門市場，但是百貨公司和超市的美食街是至少一天去一次。

去這種地方的大部分是女性。上午十一點到傍晚黃昏，都是家庭主婦來此購物。食品的價格從三千韓元到五千韓元不等，換算成日元的話是三百元到五百元。這裡有麵條、蕎麥麵、魚餅雜燴、天婦羅、炸豬排、肉包子、炸醬麵等，還有比薩和漢堡；韓國風味的有冷麵、豆奶麵、生魚片飯、辣醬湯套餐、辣年糕、水餃湯等各種各樣的拼盤，品種豐富多采；還有芝麻、南瓜和松子等作成的粥。

這裡可以看到的是女性的活力和食欲的旺盛。不只韓國的女性，男性也是一樣，都很能吃。看到在裡面的年輕女性，用勺子吃著被辣椒醬染得鮮紅的大碗飯那豪爽的樣子，讓我再一次感受到，這就是韓國人。

公寓

一九四五年，解放初期的漢城人口約爲一百萬人，現在已經有一千萬了。韓國總人口的四分之一都集中在漢城，大部分人都是從鄉村移居漢城的第一代和第二代，他們年老的父母還留在故鄉。春節和中秋是回鄉的高峰時期。我現在住的公寓裡，可以看到和老母親同居的家庭，但看不到老父親，一定是老父親去世後，兒子把老母親從家鄉接過來了。

她們對土地好像有一份特別眷戀的心情，種地是她們的本職。她們在公寓地盤裡找一塊空地，開墾成家庭菜園，在上面種植幾種蔬菜。妻子帶著小女兒散步時，總會帶些新鮮的蔬菜回來。妻子的老母親也是一人留在鄉下，也不把她們當外人，經常和她們閒聊。

韓國的農村，至今也是每十天開一次市集。妻子的家附近，每逢八的日子是市集日，即每月八日，十八日，二十八日有三次。市集除食品外，還有衣服和日用雜貨等很多種東西賣。這好像是一種傳統，在漢城的住宅區裡也有市集。我們家住的公寓也是每週五有市集，大家在停車場架立帳蓬，賣蔬菜、水果、米、魚等。

儘管是居住漢城的第一代和第二代，他們還沒完全脫離鄉村的生活。住宅區的中央有孩子玩耍的地方，還有老人的集會場所，這是農村隨處可見的茅亭的殘影。茅亭屬於高床式構造，一是爲了遮擋夏天強烈的陽光照射，同時也是村裡人午休和聚集閒談的地方。在公寓的集會場上，老人們一起玩花牌、一起唱歌。

大的住宅區裡有超市、餐廳，還有郵局和銀行。無論住宅區的大小，和日本的住宅區不同的是各棟樓的電梯旁有一個警衛的房間。警衛一般是兩人一組，二十四小時輪流守備。他們的工資從公寓的管理費裡支取，因而韓國的管理費是一筆不小的數目。IMF時期遲交管理費的人數增加不少。警衛都認識住在公寓裡的人，也經常幫助居民，但這時也需要給小費，妻子請他們幫忙時，總會給他們一些錢或是水果。

從漢城的金浦機場沿著奧林匹克大道駛向市內時，可以看到漢江對岸的巨大台形丘陵——蘭芝島。這裡曾是漢城的垃圾堆，但現在到處都被綠色覆蓋著，有些類似東京的夢之島的感覺。隨著人口的增多，漢城垃圾的收集和處理是一個很大的問題。幾年前開始，丟垃圾時需要用各區指定的垃圾袋。民眾的負擔很高，五十公升容量大的垃圾袋，十個賣六千韓元，是東京價格的六倍，韓國國民所得水準的二十倍或三十倍。

垃圾的分門別類也很嚴格。不可燃垃圾每週回收一次，這天總是放有好幾個垃圾袋，玻璃瓶、塑膠瓶、易開罐、酒瓶和各種鋁罐等分得特別細，報紙和紙盒箱也是這天回收。因韓國人不太守規則，這種時候，總有大量的警衛看守，每一樣都得仔細分開。

因韓國冬天比較寒冷，公寓裡都有暖氣設備，每一個地區都設有熱水供應中心。輸送來的熱水使整個地板都變暖，廚房和浴室也使用這些熱水。因地板都很溫暖，房間裡也比較乾燥，洗的衣服乾得快，被子也是乾燥的，因而沒有日本人天晴時晾被子的習慣。在東京時，我每逢週六或是週日，如果天氣好的話，都會晾被子，妻子覺得日本人這種作法很奇怪，因爲她打出生以來從沒晾過被子。

日本農村的公共汽車站前面，總設有賣食品、文具等各種日用雜貨的小店。韓國的街頭和小胡同裡也有類似的地方，叫做「窟孟卡給」，點心、蔬菜、水果、香菸、衛生紙等日常生活必需品一般都有。「窟孟卡給」非常了不起的地方是，逢年過節都照樣營業，全年無休。店裡的夫婦日日夜夜，整天都在辛勤工作。我留學的時候，常去宿舍對面的「窟孟卡給」。因爲不遠，特別方便，經常買自己想喝的飲料和食物。女兒現在也常往來「窟孟卡給」，就像我們小時候沉浸在點心鋪一樣。漢城公寓的生活，充滿著人情味，住宅區好像是小村子的感覺。

朴正熙大總統時代

戰前有很多日本人在韓國待過。常常可以聽到他們回顧說：「我曾在獎忠壇公園附近住。」「我曾住在長谷川街（小公洞），上的是南大門小學校。」田中英光和梶山季之的作品當中，常常出現戰前的漢城（京城）的情景描寫。不記得是哪部作品，裡面記述了在漢江堤壩上散步賞櫻花的情景。現在漢江的堤壩變成了「奧林匹克大道」和「江邊道路」。漢江的中州，汝矣島的周圍種滿了櫻花，四月中旬到下旬總是擠滿很多賞花的客人。

我留學的二十年前，漢城還保留了很多殖民地時期的建築物。特別是夏天，看到穿著白色的韓國式服裝的老人在樹陰下乘涼的情景，讓人聯想起穿著翻領襯衣，戴著巴拿馬帽子的老人從日本古老的房屋門前走過的情形，一瞬間帶你回到那遠古的感覺。現在鄉下的港口城市還保留著很多殖民地時期的建築物。

已故朴正熙大總統曾率先穿起翻領襯衣，號召大家夏天不繫領帶，穿翻領襯衣上班，於是公務員都穿襯衫上班。日本也有一段時期提倡節省能源穿翻領襯衫，但後來兩國都又轉回去繫領帶。朴大總統在日本給人強權軍人政治家的印象，在韓國則被認爲是民族振興者，有很高的評價。朴大總統認爲韓國要發展，必須恢復日韓的邦交，利用日本的賠償金，堅決抵擋反日輿論，建立了今日的經濟發展的基礎。他對日本的長處給予肯定，短處給予批評，態度特別分明。

在貧困當中成長的朴大總統，一生都很尊敬在中學時代給予他很多鼓勵的日本

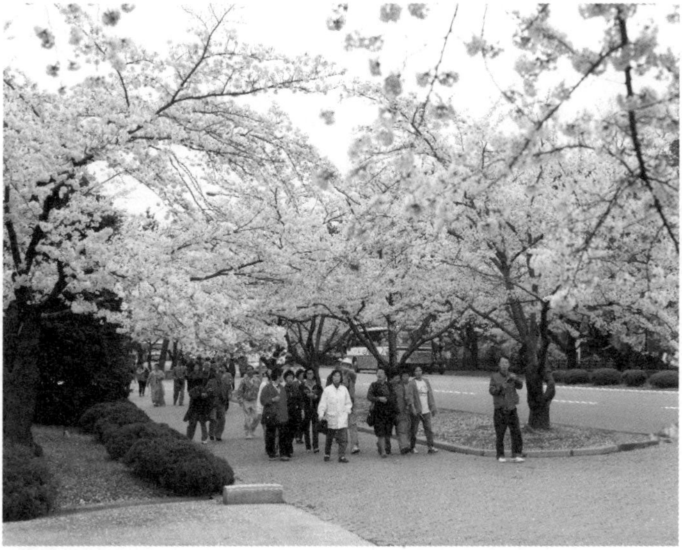

韓國春天盛開的櫻花

朴正熙大總統

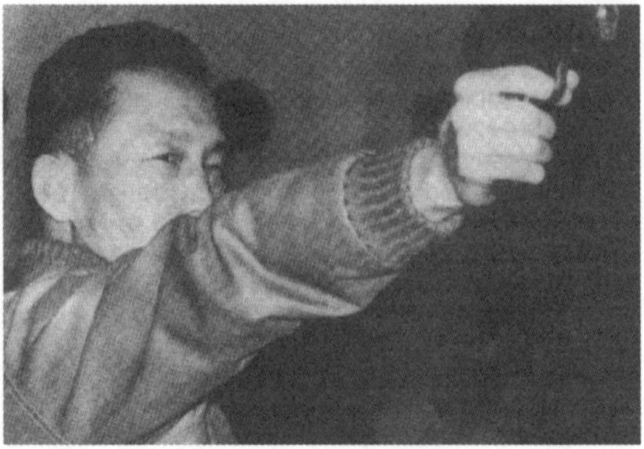

老師，一直把他當作自己的恩師。「五・一六政變」時他說：「我的心情就像吉田松陰和高杉晉作等明治維新時期的志士一樣。」這句話非常有名。他不同於後來的總統，只是打著「反日牌」，他給人一種正氣凜然的感覺。

我和妻子都很喜歡朴大總統，妻子是和朴政權同時誕生，一同成長的，說朴大總統時代是她的青春時代，一點也不過分。從開始懂事到成人，都是在宵禁的戒嚴令當中，當時的電視內容以北方的間諜爲主，電影則多是那些妓女的悲慘命運。整個國家在朴大總統的帶領下努力擺脫貧窮。現在回想大家拚命努力的那個時期，讓人有無限眷戀，覺得那時有非常充實的感覺。當時電視播放完後，或是電影開演之前，總會播放朴大總統作詞的雄壯進行曲〈我的祖國〉，我和妻子都很喜歡這首歌。韓國人應該再好好想想那時的奮鬥精神。

廣	告	回	信
台灣北區郵政			
管理局登記證			
北台字第15949號			

235-62
台北縣中和市中正路800號13樓之3

印刻出版有限公司　收

讀者服務部

INK

INK PUBLISHING

讀者服務卡

您買的書是：______

姓名：______ 性別：□男 □女

生日：______年______月______日

學歷：□國中 □高中 □大專 □研究所（含以上）

職業：□軍 □公 □教育 □商 □農

□服務業 □自由業 □學生 □家管

□製造業 □銷售員 □資訊業 □大衆傳播

□醫藥業 □交通業 □貿易業 □其他______

郵遞區號：______

地址：______

電話：（日）______（夜）______

傳真：______

e-mail：______

購買的日期：______年______月______日

購書地點：□書店 □書展 □書報攤 □郵購 □直銷 □贈閱 □其他

您從那裡得知本書：□書店 □報紙 □雜誌 □網路 □親友介紹

□DM傳單 □廣播 □其他

您對於本書建議：

感謝您的惠顧，為了提供更好的服務，請填妥各欄資料，將讀者服務卡直接寄回或傳真本社，我們將隨時提供最新的出版、活動等相關訊息。

讀者服務專線：（02）2228-1626 讀者傳真專線：（02）2228-1598

仔細想想，我們夫妻倆能夠共同生活在一起，實在非常幸運。在不同的國家成長的兩人，能夠在七〇年代的韓國，共同呼吸同樣的空氣，體驗戒嚴時期的緊張。在槐樹下、在白楊樹底下，展望未來，共同度過了一段很幸福的時光。凝縮的時間凝縮的記憶，願永遠珍藏在內心的深處。

「請給我好的！」

妻子要我買些美國進口的櫻桃，買回家一看，裡面有些爛的。妻子生氣地說：「告訴你要挑好的買，你總是不聽。」韓國商店裡賣的蔬菜和水果沒有經過精心挑選，而是好壞混雜在一起賣，所以韓國家庭主婦購物時，總要一個個認眞檢查，即使是像櫻桃這麼小的水果也要一個個仔細挑選，但我的個性做不到，結果惹妻子生氣了。

日本教育要信任人，但韓國教育不要相信人。在日本和妻子一起去買東西時，我總是提心弔膽的。韓國人習慣買什麼東西都得仔細挑選。蔬菜和水果要翻來倒去地看，特別是買藥和化妝品的時候，如果我不在旁邊注意，她會把瓶蓋或是藥盒打開；買洗髮精和洗潔精時也要打開聞它的氣味，這要是被店員發現的話，會惹他們生氣，所以我總是提心弔膽的。

韓國女性去買東西時，總是說：「請給我好的！」韓國的評論家吳善花到日本的蔬菜店去買東西，按韓國的習慣說：「請給我好的。」老闆生氣地說：「我店裡的東西都是好的！」妻子也有這個習慣。每次我漫不經心地將蔬菜放進籃子的話，妻子總是要生氣，對商店和賣方毫無信賴。

韓國人若不將東西放在手上確認好像總是不放心。「不信賴他人」的這種生活方式似乎是世界的主流，日本人可能比較特殊，韓國人也許才是走在世界主流的行列，所以有時覺得妻子的話也蠻有道理。比如在香港買東西時，對店員說：「請給我這個。」選好的東西一定要看著店員包裝已經成了一種常識，如果你不在旁邊看著，被換成別的東西的責任得由你自己承擔。

ＩＭＦ時代，韓國有獻出黃金的運動。從每個人所擁有的黃金中，儘管只是提供出很少的一部分，就收集到了二十億美金。韓國人對政府和銀行沒有信賴感，因而財產盡可能換成美金或黃金。他們一邊高喊：「我們大韓民國萬歲！」一邊對政府毫無信賴，實在也很了不起。

現在朝鮮半島分裂爲南北兩半，韓國變成了被三十八度分界線和海水包圍的一個孤島。半島原來和大陸相連，韓國的強盜一旦渡過了鴨綠江，就很難抓住了。因此韓國的民房爲了進行自我防衛，也和大陸一樣，家家都有很高的圍牆。

妻子剛來日本時，因住在公寓的一樓，又不像韓國有警衛，所以妻子特別害怕。要我在窗戶上裝鐵欄杆，但因爲沒辦法安裝，所以最後買了根金屬棒。本想和她開玩笑說：「這根金屬棒比盜賊更可怕！」但是爲了避免不必要的爭吵也就罷了。

妻子不知道日本是一個以安全和互相信賴爲前提的國家，至今她仍不能有這種實感，因爲她認爲自己從小培養出的防衛本能是正確的。

妻子第一次來日本時，去商場買東西總要講價，這在韓國是理所當然的事。尤其是買價格較高的東西時，總是把店員折騰得夠嗆，投降降價才肯罷休。商場好像是明碼實價，但推銷人員來時總會給予降價，妻子的行爲可能是對的。

漢城秋深，夕陽西沉時，總會從街道上飄來一股香味。那是烤栗子、魷魚乾、魚乾，還有烤紅薯的味道，蒸蠶蟲的氣味也混雜在裡面，人們在炭火周圍一邊取暖一邊等著。十月份，是松茄上市的季節，九七年剛開始出售時是一公斤三十萬韓元，後來數量越來越多，價格降爲一公斤十五萬韓元。

日本人喜歡買韓國的松茹作爲禮物送人。我的朋友來漢城時，去了松茹的專賣市場京東市場，用塑膠泡棉包裝好的松茹一公斤降價到十二萬韓元，得意洋洋地帶回日本。他曾在韓國上當受騙過的妻子把松茹拿出來一秤，只有五百克，另外的五百克都是墊在松茹下的白色冷卻劑。我的朋友心裡憤憤不平地對我說：「整個箱子重量共一千零五十克，空箱子的重量爲五十克，所以安心的買了，沒想到是這樣，妻子也把我罵了一頓。」

這種時候，韓語稱爲「戴帕嘎劑」。帕嘎劑是葫蘆的意思，葫蘆裡面是空的，因而上當受騙時常用帕嘎劑這個詞。我把這件事告訴妻子後，妻子說：「我跟你說過要注意，是不是？」早知妻子會如此回答，因她防衛本能已經練就得很深了，突然後悔跟她講了這件事。

美國的韓國人

韓國的秋天，天空到處晴朗無雲，氣候特別宜人。北京的秋天天空也是如此，不遜色於韓國。韓國人很自豪這種秋天的晴空，形容說這種天氣很「確實」，不會改變。在日本常說「秋天的天空女人的心」，而韓國則不同。韓國的天空確實是晴朗無雲，在這樣的好天氣，有時我們全家會到外面去兜風，高速公路和國道的兩邊開滿了秋櫻，兜風的其中一個目的也是爲了賞花。

那天我們到了漢城郊外的新興城市「一山市」，這座城市位於金浦機場的北面，從這可以看到對面漢江如海市蜃樓般聳立的高樓大廈。一山市以前是個窮鄉僻壤，現在變成了擁有幾十萬人口的城市。金大中總統的家也在一山市，以前住在市內的東橋洞，所以金大總統以前被稱爲「東橋洞」，只是至今還沒有聽說將金大總統稱爲「一山」的說法。

漢城廣播（SBS）星期一到星期五晚上九點播放的三十分鐘的連續電視劇《LA阿里郎》，很受歡迎，這是一部反映居住在美國洛杉磯的韓國人生活的電視劇。雖以美國爲舞臺，出場的人物都是韓國人，除了建築物以外，和在韓國生活的韓國人沒什麼不同。雖然是生活在美國，但還是很死板地按著韓國人的方式生活。看到在美韓國人的生活，本國國民可能也很安心吧。

美國的韓國移民劇增是在越戰時期，因韓國軍隊在越南戰場援助美軍作戰，美國政府作爲回報而接受移民。這個時期的移民不是貧窮的人，大多數是比較富有的

「確實」的秋日晴空

人和知識分子。

三十年過去了，在美國扎根的韓國人，將美國的文化帶到了韓國。漢城江南地區有些地方類似美國西海岸的風景，一山市整個城市的構造也都是美國式。美國式的高層公寓，還有排列整齊的樓房，各種速食店和二十四小時的便利商店。大女兒說：「眞漂亮！眞想住在那樣的房子裡。」但妻子的野心更大，想住近日在韓國有錢人當中流行的「田園住宅」。這是建在郊外山區，周圍被美好的大自然包圍的現代大豪宅和別墅，或是仿製韓國傳統建築的民房，大多是週末時去的地方。每當說起這個話

漢城俯瞰

題，我總會說：「等北方的威脅消除以後再考慮吧！」來迴避這個話題。

現在的年輕人比較時興吸收美國文化，只要是美國的，無論什麼都吸收。不僅是服裝和音樂，最大的變化是男性女性化，女性男性化。到麥當勞、肯德基或是二十四小時商店去時，男性服務員按著規矩彬彬有禮地接待客人，讓人吃驚。以前，韓國的男性特別粗野，喝酒時常常大聲吵鬧。這樣的變化，讓人覺得新鮮的同時還有些噁心；而原本規規矩矩、溫柔的女性則傲氣十足，旁若無人地走在大街上，我們在韓日本人把此現象稱爲「公主病」。

對日本人來說，美國是觀光地，是做幾年生意而短暫逗留的一塊土地；但對韓國人來說那是另一個韓國。在太平洋的彼岸，有自己的同胞在，儘管現實的距離比較遙遠，有自己的親戚或是朋友住在那裡，意識上常常是合爲一體的。

我們離開一山市，漸漸走遠，妻子突然問我：「我們什麼時候去美國？」還沒等我回答，孩子們就替我說：「明年夏天。怎麼樣？」然後自得其樂地說：「太棒了！」

暴走族

帶小女兒去看牙醫的妻子憤憤地回到家了，說牙醫因爲女兒哭鬧、不老實，就把女兒綁在椅子上進行治療，對這種粗魯的方式我也是瞠目結舌。

韓國幾年前開始使用公車專用道，剛開始只有上下班的時間，但最近改成全天都可通行。日本的幹線道路上，因一邊只有兩線道，沒辦法這樣做，但韓國有三線道，因而不成問題。

這樣一來，那些性急、不守交通規則，在韓國已經出了名的暴走族，只要稍不留神，就會闖入公車專用道。爲了防止這種事情的發生，特別設立了二人一組的監視員（非交警），站崗在公共汽車的要道，目的在於捕捉獵物。

如果發現有車違法闖入專用車道時，一人飛奔到那車的前面，命令車子停下來，另外一個人就趕緊拍照。如不聽從命令而欲逃跑的話，監視員會跳上車蓋，讓車停下來。違反者當然是要罰款。

不聽從指揮而企圖逃跑的駕駛及捉人的監視員都忙得團團轉。日本人可能難以相信，在十字路口如果沒車的話，公共汽車和計程車會闖紅燈。車是這樣，飛機的安全也不可能確保。

大韓航空會發生過「關島墜機」事件。事故發生後，擔任飛行員的朋友告訴了我事情的眞相。飛行員和機場的領航員之間，常會彼此較量，心裡暗想：「你小子橫什麼！」「技術這麼爛！」這種沉默戰經常會發生。

這次事件的發生是因視線太差，幾次試著著陸都沒成功，燃料又不夠了，飛行員覺得不允許再失敗，過於著急而發生。技術不好的飛行員，會尋求領航員的幫助和誘導，但因這次是一位技術高超、很優秀的飛行員，他企圖憑自己的本事著陸，結果導致這麼多寶貴生命的喪失。

過於相信自己的力量、不服輸，可以說是韓國人的性格。妻子玩花紙牌的「紅綠燈」遊戲時輸了，心裡也會很不服氣，又跑到遊戲中心去玩「人造機械手」的遊戲，直到把機械手折斷，贏了，才停止往裡面投百元硬幣。這和那飛行員的行為模式是一樣的。

大韓航空「關島墜機」事件裡還有一件讓人吃驚的事，日本從來沒有報導過。抵達關島的家屬，爲了尋找自己親人的屍體，突破美軍的封鎖線，結果掉進了山谷裡，又發生了第二次災難，再一次讓他們反省自己的隨心所欲和行動的無組織性。

在韓國開車的時候，經常可以目睹一些「自毀性」事故。例如高速公路上超車的汽車，在拐彎處方向盤失靈而掉入深淵裡；在第一個交叉路口插隊進來的車，結果在第二個交叉口和前面的車相撞。類似這樣的事故常常發生。

韓國街上到處都有汽車修理廠，這可能是因爲駕駛開車橫衝直撞的關係。我的公寓也經常發生停在一旁的車被撞之事。剛開始，我是每被撞一次就修理一次，但現在是乾脆就放著不管。

在日本的高速公路，隨著車流的速度開的話，時速一般爲一百公里左右，而韓國則爲一百二十公里。大型汽車也好，小型轎車也好，都以一百二十公里的速度飛速前進。這二十公里的差別很大，我覺得日本人很難理解韓國人的行爲，就在於這二十公里的差別。

以前常說韓國人的缺點是容易動怒。最近比較少見，但前段時間在夜市裡經常可以看到有人打架。韓國人感情起伏比較大，以旁觀者來看，一些原本用不著生氣的事也會令韓國人發怒，而且發怒完後，又跟你賠禮道歉。剛開始夫妻吵架時，常搞得我莫名其妙的。

他們沒辦法自我克制，問題就出在這二十公里的區別。六〇年代的「四．一九」革命、八〇年代的「光州事件」等，造成了很多不必要的犧牲者；學生遊行時，也經常有自焚以示抗議的人，這種時候，聽說不管是被焚燒的本人也好，周圍也好，都像巫女似地進入一種近乎恍惚的亢奮狀態。

「韓寶事件」導致了大約五兆韓元的不良貸款，借貸者和貸款者都有責任。車速明明一百公里比較好，偏要開一百二十公里，有時居然達到一百四十公里。不知要到何時，但我相信，如果韓國高速公路的時速在一百公里以下，韓國人的一切都會有所改變。

3・日韓兩國語

歸鄉

韓國人愛用「烏裡」這個詞，意思是「我們的」。把韓國說成是「烏裡捺拉」（我的國家），韓語說成是「烏裡嘛盧」（我們的言語），「烏裡其浦」（我的家），「烏裡哈ㄍㄧㄡ」（我的學校），「烏裡撒將尼姆」（我的社長），像這樣，無論什麼都喜歡加上「烏裡」這個詞。

妻子常去的超市也會說成是「烏裡超市」，把常去的美容院說成「烏裡美容院」，從她嘴裡常常冒出「烏裡」這個詞。韓國的社會基本上是宗族共同體，小到家，大到國家，都是靠「烏裡」這個意識來維持。

「烏裡」的反面並沒有「個」的概念。表達自己的意見時也是用「烏裡能」（我們是）這種方式表達。「個」的概念確立的時間比較晚，這也是導致韓國現代化遲緩的原因之一。

韓國人感情豐富，害怕寂寞，因爲他們無論什麼都是「烏裡」。無意識中就會說出「烏裡」這個詞，無法忍受自己一個人。「烏裡」的最基本的單位是家庭，因而家庭聚會比較頻繁。

韓國一年當中有好幾次祭祀活動。每逢曾祖父及祖父的忌辰，家族的長男要聚在一起，還有生日、升學、參加工作等慶祝活動時也都會聚會。中秋和春節不用說，就連小孩的運動會也是全家族出動，和韓國人結婚的日本人常常會被這些活動牽著團團轉。

韓國是個家庭聯繫特別強烈的社會。如果因某種原因和家人關係斷裂，比如離婚或是在外面當妓女的情況下，她的精神壓力會特別重。因爲一旦失去了家庭，就什麼都沒有了。

妻子看到我和兄弟姊妹之間不怎麼來往，即使是父母的生日也不聚在一起，會嚴厲地說：「你們兄弟姊妹之間是怎麼回事，這也叫人嗎？」經她這麼一說，也的確感覺到日本社會表面的薄情。我內心其實還是深愛著兄弟姊妹的，但即使這麼說妻子也不會認同我，沒有具體行動是不行的。

在韓國，花甲（即六十歲生日）的慶祝也很盛大，韓語說「還甲」。家人、親戚、鄰居、親朋好友等共聚一堂，一起吃豐盛的宴席，如果夫妻倆身體還健康的話，爲了慶祝還會外出旅行，新婚旅行的聖地濟州島也是花甲旅行的聖地。韓國的夫妻年老之後，彼此還是很親密。

結婚之後，我犯了一個大錯。妻子生日時，我按日本的習慣只會很簡單地慶祝一下。幾年過後，每逢和妻子吵架時她都會提起這早已過去的事，說：「你連生日也不給我好好慶祝！」

雖然被這麼指責，但讓我去討好妻子，爲她盛大慶祝生日，我還是會覺得很害羞。但韓國的愛情表達方式，就會去做這種討好行爲。電視劇裡常出現男士討好女士的鏡頭，妻子總會對我說：「你也得好好學學！」我常把這當作耳邊風也許是我的過錯。

韓國現代化程度越來越高，小家庭也越來越多，但他們還是常常想著家人的事，常常聚在一起。看到這種情景，總覺得他們生活得比日本人幸福。從這樣一個國度來到日本這塊土地上，一定會對日本這個社會百思不解，一定會感覺寂寞。

妻子想念老母親的時候，會突然說：「回鄉下老家去吧！」回老家後，首先是和母親一起去參拜八年前去世的父親的墳墓。韓國是土葬，所以墳墓像是一個土堆饅頭，建在丘陵或是山上風景漂亮的地方。墳墓不是由寺廟管理，而是由家族來管理。雜草遮蓋了整個墳墓，四周是松樹。站在丘陵上，寒風吹來，有說不出的寂寞湧上心頭。

這時，我突然想起了幾年前轟動整個韓國的電影《越過風之丘》（原名《西便制》），這部電影描繪的是父親和兩個孩子演唱著韓國民謠〈潘嗦裡〉的旅途（〈潘嗦裡〉是韓國民謠的一種，是一種比較悲哀的歌，用比較沙啞的聲音演唱），電影的主題是「恨」。韓國著名的文化人李御甯解釋說：「恨和怨是兩種不同的概念，恨是心裡的願望沒能夠得以實現，怨是報仇雪恨之意，如沒有對象的話，這種心情就會消失。」

日語的「怨」和「恨」是同一個發音，但是日語的「恨」和韓語的「恨」的意思好像稍微有些不同。韓語是「無法實現」、「悲哀」、「嘆息」的含義，很難把它翻譯成一個日語的詞。我正在思考這個問題時，妻子對母親說的話傳到了我的耳邊：「因爲韓國人的恨很多……」她和母親正談及含著很多恨而逝去的父親的事。

日本人的內心深處好像有一種《葉隱》①的道德潔癖。武士道注重廉恥，滅私奉公是基本。即使是平民百姓也好，山本周五郎的小說認爲清廉正直、美好地度過自己的一生是最理想的。但是韓國人執著地追求地位、名譽、財產等，因而產生了「恨」的結果，這是我個人的看法。

日本人的生死觀基本上是受佛教輪迴轉世和神道的影響，中國人的生死觀受道教和老莊思想的影響比較大，而韓國人的生死觀則是清一色受儒教的影響。平時，不管你是去基督教的教會，還是去佛教的寺廟參拜，死後變成土堆饅頭，都得受儒教支配。

儒教的生死觀是一種什麼樣的觀念呢？追求現世利益，重視「家」的存在。韓國人希望生男孩主要是因爲，如果家裡沒有長男的話，死後就沒有人爲自己祭祀。只要「家」香火不斷，死後也就安心。從這裡產生出家庭的聯繫，產生出宗族的聯繫。

到墓地去時，得參拜五、六代前祖先的墳墓。沒有人能夠百分之百地實現自己的願望後才死去，誰都會留下一些遺憾，帶著一些不滿離開這世上。韓國人把這些都當作是「恨」而繼承下來，因而這個世上變成了「恨」的世界，人生也變成了「恨」的人生。

風吹得松樹葉唰唰響，聽著樹葉的響聲，看著成群的土饅頭堆，突然覺得他們平時的開朗，他們的吵鬧好像是一種錯覺。肉體只是暫時的姿態，死後火化成爲灰燼，人們好像完全沒有意識到這點，彷彿覺得死後，一家人還是在一起。「烏裡」的根源在這裡。要理解韓國人，得先理解他們的「恨」的心理，妻子的哭聲敲打著我的胸膛。

①《葉隱》：隱沒在葉間之意，有關日本武士道的江戶時期著作。

李朝殘影

和妻子剛結婚的時候，每當她跟別人介紹韓國時，總是使用「通半耶易庫克」這個詞，翻成漢語爲「東方禮儀之國」。最近我穿著便裝要到外面去時，妻子總是提醒我說：「韓國是東方禮儀之國，應該小心！」韓國人自稱自己是「禮儀之邦」，但我常常感到懷疑。

韓國媒體是非常的威權主義。什麼事件發生後，總是使用很難的漢字進行報導，使得不光韓國的平民百姓，連我們這些在韓日本人都敬佩三分。朴正熙大總統被暗殺時，使用「弑害」；昭和天皇去世時，說是「錯雜」的心情；學生向教授施行暴力時，使用「悖倫」。

以前大總統選舉候選人之一的李會昌被發現他讓兒子躲避徵兵之事，媒體毫不客氣地使用「道德性」這個詞進行攻擊。當時，我心裡總覺得有些不對勁，「禮儀」、

「道德」這些詞像是懸掛的錦旗一樣被使用，但我在韓國的所見所聞，與「禮儀」和「道德」相距甚遠的場面也不少。

小孩在路旁買了口香糖，一邊走一邊把口香糖的包裝紙扔在地上，大人也是隨手亂丟菸蒂；另外以前遊客常會從車窗往外扔空罐，搞得高速公路兩旁到處都是垃圾，所幸最近因政府大力宣傳情況好了些。因此對我這個即使是連一個釘書針都裝進口袋而不輕易丟在地上的人而言，說韓國有「禮儀」和「道德」，讓我難以置信。

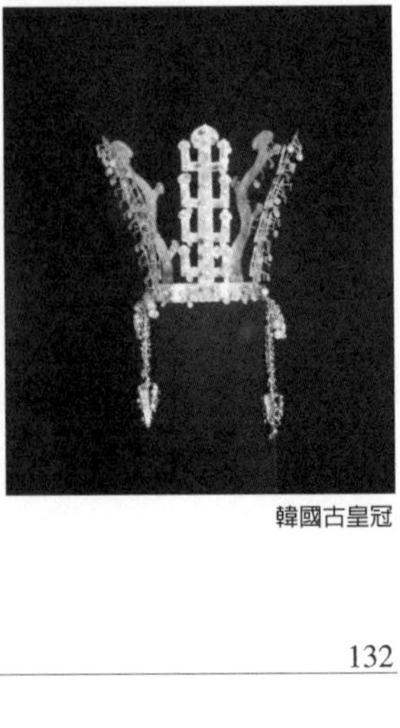
韓國古皇冠

「李朝殘影」是梶山季之的小說的標題，我在思考韓國人的道德性和禮儀的過程中，得出了它的結論是——儒教。我把「儒教」、「科舉」、「權勢主義」這三項稱爲是李朝的三大殘渣，將之取名爲「李朝殘影」，在這個美麗的詞後面，有韓國人聽起來會感覺刺耳的事實。

韓國社會保存著很濃的儒教傳統。日本只是把儒教當作一種哲學，作爲一種教養，而韓國則把這完全地吸收到了紅白事等自己生活的每一個角落，韓國的「儒教」概念和日本有很大的區別。

儒教起源於幾千年前的中國，它最基本的理念是「三綱五常」。三綱指的是「君臣、父子、夫妻」，這三項是當時最基本的人和人之間的關係；五常指的是「仁義禮智信」。即儒教的基本是用仁義禮智信來解說君臣、父子、夫妻之間的關係。

現今社會日益複雜，有很多幾千年前的社會教導所沒有的東西。例如說：在韓國經常有人突然從我面前經過，撞到了我的身體，但是卻一聲不吭地走過去；在電車裡踩到了別人的腳，也是一聲不吭。這種情況，因儒教沒有做具體教導，因而也就沒有必要道歉。

儒教只涉及到君臣關係，即使可以對應到現代的社長和社員，上司和下屬的關係，還有父母和孩子之間、夫妻之間的關係，但是對完全不認識的人應該如何？儒教裡沒有這種教導。韓國要想實現現代化、國際化，應該像日本的明治時期，徹底推行誕生於西方的「公德心」、「公眾道德」、「文明禮貌」的教育。

韓國人很幽默。最近，自己制定了一個新的年號「ＩＭＦ元年」。「韓寶事件」是ＩＭＦ體制的導火線，當時我很直率地問妻子：「爲什麼當了銀行總裁，還要胡亂貸款賺取巨大賄賂？」妻子回答說：「在韓國努力念書、出人頭地，都是爲了賺錢。有名的話，收賄賂的機會也多，所以大家都拚命進大學念書。」「成爲國會議員能賺錢，因而大家都想當，大總統也是一樣。」她好像認爲這是理所當然的事。

「在日本也有那種人，他們後來的確是收了賄賂，但最初並不是爲了收賄賂而上東京大學念書的。」我這麼一說，妻子反駁道：「那爲什麼上大學？」讓我驚訝不已。

現在和「科舉」是不同的時代了，「科舉」在日本沒有扎下根。朝鮮半島模仿中國，九世紀的高麗時代到李朝末期實行了科舉制度，有將近一千年的歷史。通過嚴峻的考試，就可以榮華富貴。和中國一樣，拚命讀書、努力出人頭地不是爲了加入聖人君子的行列，而是爲了獲得權力，爲了獲得富貴。這種傳統已經滲進了韓國人的血液裡了。

全斗煥和盧泰愚光天化日下私自濫用權力錄用親戚並集攢不義之財，在沒有成爲事件之前，從沒人去追究過，因很多人都暗自想：「要有機會的話，我也想那麼做。」所以直到金泳三政權被政治利用之前，一直保持沉默是理所當然的。後來明白金泳三原來也是一丘之貉，媒體好像很是大吃一驚地報導，但實際上誰也沒有感到震驚，韓國人的科舉污染是如此的根深柢固。

全斗煥和盧泰愚前大總統的審判開始的時候，我對妻子說：「這個審判很可笑，都還沒起訴就實行溯及法進行再次審判，這是濫用權力。聽從掌權者的指使，檢察官和法官是不是沒良心？」妻子反駁說：「如果因反對而被逮捕或解職的話不就糟糕了嗎？」妻子回答得很坦然。順服掌權者，「大樹底下好乘涼」是韓國人的處世技術。

這正是「權勢主義」，韓國人最討厭談到這點，我有過實際經歷。在酒館等眾多人面前談論權勢主義的話，整個酒席會變成血海，一提「權勢主義」，韓國人會立刻火冒三丈。

李氏朝鮮是清朝（中國）的附屬國，附屬國沒有外交權，同時允許宗主國屯兵，類似殖民地的感覺。十九世紀末期，金玉均和朴泳孝等開化派進行獨立運動，和願意繼續投靠清朝政府的保守派之間發生了激烈的鬥爭，結果，保守黨戰勝了獨立黨，金玉均被殺，腦袋被懸掛在漢江邊的楊花津，投靠了日本的金玉均一夥至今仍被認爲是韓國的賣國賊。

後來，中日戰爭時日本得勝，李氏朝鮮因此獨立建立了「大韓帝國」。爲了紀念獨立，他們在現在的漢城西大門附近建了獨立門。中日戰爭指的是日本和清朝政府之間的戰爭，戰場除威海衛海戰之外，其他戰場都在朝鮮半島。後來，戰勝了俄國的日本進行日韓合併，消滅了大韓帝國，朝鮮半島最終成了日本的殖民地。

我很理解韓國人那種懊悔的心理，但是我覺得韓國人應該好好正視近代史上到處忽隱忽現權勢主義的陰影。鎮壓金玉均的是韓國人本身，日韓合併的責任能夠把罪過完全歸於李完用一個人嗎？因韓國人那種感到內疚的背後隱藏著權勢主義，所以當缺點被別人指出來時，會按捺不住內心的怒氣。

出家外人

韓國的通用貨幣爲韓元，最近和日元的兌換率是一萬韓元兌一千日元，所以要買日元一萬元的東西，得帶上十張一萬元的韓元，這樣的話，錢包會裝得鼓鼓的。最近常可以看到銀行發行的支票，韓語稱爲「手票」，十萬韓元的很常見。

使用支票時，在支票的背面寫上住民登錄證號碼，買東西時要出示住民登記證確認是否是本人。妻子經常使用支票，因妻子沒有住民登錄證，所以每次都說忘記帶來。

在日本的韓國人，韓國人稱他們爲「僑胞」，在美韓國人也同樣。這不只是一個稱呼，也是一個身分。在韓國，韓國人有住民登錄證，外國人有外國人登錄證，但僑胞什麼都沒有。妻子和我一結婚，就註銷了她的住民登錄證號碼，那一瞬間她也就變成了僑胞。

但她仍然是韓國人。住在韓國，有時會要求你出示住民登錄證，那時，你得解釋

韓國錢幣

說你是僑胞，沒有住民登錄證，非常麻煩。但僑胞可以享受一半是外國人，一半是韓國人的待遇，他們可以隨時見機行事而變換自己的身分。

妻子常用「楚嘎維印」這個詞，改寫成漢字爲「出家外人」，不是說出家做和尚的外國人的意思，某種意義上來說是個特別殘酷的詞語，即女人一旦出嫁後，就是外人了的意思。妻子因和外國人結婚了而變成了僑胞，這個詞語的意義特別深刻。

在日本，孩子快要出生或是暑假時，即使是結婚的女性，這個時期回娘家的比較多，韓國不能說完全沒有，但女性的社會地位和處境正如這個詞一樣。因爲不能生男孩而離婚的女性就成了「出家外人」，無處可去。她們不能像日本的女性可以很輕易地回娘家，除此之外女性的工作機會又少，很多女性最終無奈走上做妓女這條路。而來日本用不著在乎周圍其他人的眼光，又最能賺錢，因此日本深得她們的好感，赤阪和新宿的韓國街可以說是韓國社會構造產生出來的悲劇。

妻子使用「出家外人」這個詞，話外之音是「我也是一個無處可歸的女子，你死後，我必須獨自養活孩子，所以你現在得好好賺錢以防萬一。」她的話裡包含了這個意思。韓國女性的地位還很低，法律雖然保障女性的繼承權，但實際上眞正能繼承財產權的只有男性，對這種社會的怨恨，妻子的「出家外人」的話語裡面有著迫切的回聲。

儘管女性的社會地位低，但在家庭內有著極大的權力。以前，我對韓國的朋友說：「韓國的女性很厲害。」朋友回答我說：「女性不厲害，母親厲害。」

韓國有一個持續了很長時間的電視節目，每逢星期天都播放演藝界人士訪問前線部隊，慰問徵兵戰士的情景。這個節目的最高潮是每次悄悄地叫幾位母親和自己的兒子見面的場面，幾乎每次都是雙方彼此擁抱，痛哭流涕。

每當看到這情景，我總是想到韓國的母子關係和日本的不同。韓國的孩子，特別是男孩，在滿溢著母愛的環境中被保護長大。從表面看起來，所有的人幾乎都有戀母情結。在日本溺愛孩子被看作是一件不好的事，溺愛孩子的父母，任性的孩子，都會受到社會的批判。這也許是武士道精神的影響，父母一般放手不管孩子。

我們在日本的時候，有時會和我母親一起去買東西。付錢的時候，我先付了我買的東西的錢，母親付她自己買的東西的錢。母親走後，妻子怒氣沖沖地對我說：「你們各付各的，還是母子嗎？簡直就像是外人。」大怒一場，我解釋說：「在日本通常這樣做。」妻子說：「你們日本人眞冷漠！」

的確，韓國的父母和孩子經常是以相互溺愛的方式來確認彼此的感情，而日本父母和孩子是彼此互相獨立而互相保持關係。

妻子看到我和母親之間關係淡薄，彼此不是很親密，就批評我說：「你們母子感情眞淡，簡直沒有母子情。」從韓國人的標準來判斷可能是那樣，受如此批評也是無奈，但妻子永遠不會明白日本人的親子關係，這是無法用言語講明的，因爲韓國的親子的關係是彼此擁抱、一同哭泣。

兩國語言

每天早上，和大女兒一邊吃早飯一邊看電視。女兒好像只關心天氣預報，我則不看早晨七點的新聞，好像少做了點什麼事。天氣預報完後就是新聞時間，有一天，女兒突然問我：「爸，韓國的新聞爲什麼不七點準時開始？要麼六點五十八分，要麼七點一分，每天開始的時間都不一樣。」

女兒說得很對，電視節目表也是大概時間，因而要事先設定錄影機的時間比較困難。日本人什麼都按分秒計算，但韓國人不擅長，他們比較馬虎，所以新聞不七點準時開始，誰也不覺得不可思議。

每天早餐後，我送女兒到搭校車的地方。有一次，和女兒等校車的時候，遊覽車一輛接一輛，連續三部車停下來了。從車裡出來的司機過來問我：「某某小學在什麼地方？」他們好像要載學生到什麼地方去郊遊，但是學生在什麼地方等候、學校的地址等都沒好好確認就這麼出來，他們的行爲讓我很吃驚。女兒的同班同學說：「這是典型的韓國人！」這話給我留下了很深的印象。

大女兒小時候，因在韓國長大，最初學會的語言是韓語，到進日本的幼稚園爲止，還不怎麼會說日語。小學低年級的時候，她按照韓語的順序直譯成日語，所以日語很不道地。

韓語的「給你」、「得到」、「給我」都是用一個詞「楚達」，完全相反的動作用同一個詞語表達，這可能是公私混同的出發點。女兒現在也是經常把應該說「給我」的時候說成「給你」，數學的應用題特別費力。高年級之後，她的日語基本上步入正軌了，但有時還是把「今天上了體育課」說成「今天進了體育課」，把「吃藥」說成「喝藥」，偶爾還會冒出韓國式日語。

家裡妻子對女兒說韓語，女兒對妻子說日語，但彼此似乎都明白對方的意思。我和妻子交談時說韓語，和女兒交談時用日語。女兒既看韓國的節目也看日本的節目，因而兩種語言都不成問題。

每天晚飯後，我都和女兒一起看電視連續劇。韓國的連續劇的播放方式，充分展現了他們的民族性。日本是每星期一開始到星期五的每一天，或是一星期當中固定的日子播放，但是韓國是每星期一、二，或是三、四、五，或者六、日（週末）的連續方式。我問妻子是什麼原因，妻子說：「韓國人比較性急，馬上就想知道下面的情節，等不了一個星期，所以連續放二到三天，讓你看個夠。」

韓國人的生活節奏大多是這種感覺。從日本人的眼裡來看，覺得很特別。已故的司馬遼太郎把「實直」列爲日本人的美德之一，這和「誠實」和「正直」的語感不同，很難對外國人解釋說明。「律儀」這個詞也是類似的意思，這兩個詞語可以說與韓國人無緣。

電視節目開始的時間也是同樣。常說的「韓國時間」是指比約定的時間晚到半小時或一小時。我和妻子結婚已經十多年了，幼稚園或是學校的活動，妻子沒有一次是準時去的。去年秋天的運動會，女兒舉旗走在前頭帶隊入場，我再三叮囑妻子一定要給女兒拍個照，結果她還是晚到了，沒能趕上。幼稚園的畢業典禮她也遲到，大女兒到現在還是耿耿於懷。

最初學韓語的外國人，最先學會的詞是「坤擦那喲」，這是「不要緊」、「沒關係」、「別在意」的意思，韓國人經常使用這個詞。至於爲什麼外國人會最先記住這個詞，不只是因爲它使用的頻率，而是因爲文化衝擊。比如說：踩到了別人的腳，不是被踩的人而是踩的人說：「別在意！」外國人受如此文化衝擊，因而記住了這個單詞。

用這種「坤擦那喲」精神製造東西，桌子搖搖晃晃，窗戶打不開，類似這樣的事司空見慣，生產者、銷售者和消費者好像都不是很在意。把這看成是「馬虎」還是「豁達」，看法不同會對韓國產生不同的感情，喜好或厭惡。但「實直」和「律儀」的日本人可能是難以忍受。

韓國人常說：「下個星期天一定到我家來玩。」「請一定到敝公司來訪。」這些都是禮貌上的說詞，你眞的去拜訪的話，會讓對方大吃一驚。這些話不要太當眞比較好。

還有，只要關係稍微親近一些之後，就會拜託你說：「到日本時，想請你幫忙買些東西。」像什麼照相機、太陽眼鏡、球拍或是化妝品等，這些委託也沒必要當回事，告訴他們說：「太忙！」「沒找到好的！」他們也就全忘了。

韓國人當中也有很多誠實和正直的人，但不可要求他們具有日本的「實直」和「律儀」之品德。「實直」、「律儀」並不是人類普遍的品德，並不能說具備這個是優秀，不具備這個是劣等，畢竟每一個民族都不相同。

用餐禮儀

民族不同，風俗習慣不同是理所當然的。我們得特別注意禮儀的不同會給對方帶來特別不愉快的感覺。有客人從日本來時，一定會邀請他們一起用餐，我總是先介紹韓國和日本用餐時禮節的不同。

在韓國用餐時，桌上擺放筷子的同時，一定也擺有湯勺，這湯勺用來吃飯和喝湯。在韓國，絕對不允許把碗端起來，而是把碗放在桌上用湯勺吃，這和日本是完全相反。端起碗來吃飯會被認爲是不懂禮節的人，重大的商談也不會有很大進展。

相反的，韓國人來日本，吃飯或是喝醬湯時把碗放在桌上不端起來的話，會被認爲是像吃狗食一樣，惹人討厭。韓國人經常失禮的是，他們吃咖哩飯和義大利肉醬麵時，總會把咖哩汁或是肉醬麵的拌料完全攪拌之後才吃，這是受韓國拌飯的影響。我提醒過妻子很多次，但她總是改不了，而且會很頑固地說：「不完全攪拌的話，不好吃。」

以前日本很窮的時候，經常是將飯加在醬湯裡混和著吃，被稱爲「貓食」，只是現在的貓食比這還強。韓國現在很大眾化的午餐是牛尾湯、牛骨湯、排骨湯等，喝這些湯時，要在一開始或是中途把米飯加進去吃。我們在韓日本人這方面很難被同化，湯是湯，米飯是米飯，不分開吃的話，總是覺得不對勁。

喝酒的比較明顯的區別是，喝酒之前，韓國人得先把肚子塡得飽飽的，保護好胃壁之後才開始喝酒。餐館裡一般會先提供稀飯，也有吃麵條和炒飯後再喝的人。日本人在用餐之前，有先互敬一杯的習慣，但韓國的宴席酒總是姍姍來遲，日本人經常會爲這而生氣；而韓國人來日本則會爲宴席上的菜姍姍來遲而惱火。

酒席是以獻杯開始，接受酒杯之後要喝乾才還杯，很不容易。而且沒有中途加酒的習慣，不喝完的話，不給加酒。當然如果不能再喝了，就沒有必要喝乾酒杯。

韓國人吃午飯時也絕對不一個人去，而是和別人一塊去。在韓國沒有喝酒的吧檯，因爲沒有人單獨去。單獨一個人去吃飯或是喝酒，會被認爲在人格上有問題，這是典型的害怕寂寞的韓國人。

結婚後，最讓我爲難的是韓國家庭沒有晚酌的習慣。和妻子結婚後，我按日本晚酌的習慣喝啤酒或是威士忌，妻子說：「你是個大騙子，你說你不喝酒，沒想到你是個酒鬼。」她一本正經地生氣著。我趕緊解釋說：「這是日本的習慣。」但她不相信我。儘管她現在什麼都不說了，但心中好像還是懷疑我酗酒。韓國電視裡經常有韓國家庭一起用餐的鏡頭，他們的確沒有晚酌的習慣。但因習慣的不同，竟導致我被懷疑成酗酒的人。

韓國人和日本人經常發生誤會是因爲習慣的不同。比如日本人到外面出差或旅遊，在外面得到別人的幫助，回來後有給他們寫感謝信的習慣，但韓國沒有這個習慣。因此日本人常埋怨說：「上次我幫了他那麼大的忙，居然連一封信都沒有。」韓國人認爲只要心存感恩就可以，用不著一一寫信，覺得這是客套。

日本人無論什麼事都說「謝謝」、「對不起」，妻子聽這些好像覺得是噪音，覺得很累。韓國夫妻和父母子女之間，不怎麼用「謝謝」這個詞，因爲他們認爲一家人沒必要那麼客套，說太多客套話反倒會討人嫌。

日本是親人之間也得客套，但韓國是親人之間沒有禮儀。我留學的時候，同一個宿舍的同學跑到我的房間裡，隨意翻我的書，更換電視頻道，讓我有些受不了，這是韓國人表達彼此關係親近親密的方式。韓國人來日本生活時，常因這些習慣而導致日本人的誤會。

雖然彼此關係很好，但跑到別人家隨便打開冰箱，日本人會生氣。韓國人常會爲不知如何表達和對方親近的關係而心煩，妻子來日本也常常因此有很大的精神壓力。像韓國那樣行動的話會導致誤解，迎合日本人的方式又會覺得不自然，因而精神壓力大增必須往外發洩，自然而然地我就成了她的出氣筒。

對自己人也用敬語？

大女兒讀小學高年級的時候，我覺得有必要教女兒有關日語的謙讓語。我對女兒說，對別人談及自己的父母時應該用「琪琪」（爸爸）、「哈哈」（媽媽），女兒覺得莫名其妙的。但有一天女兒去看牙醫，她對醫生說：「琪琪也來了。」她懂得區別使用了，我也就放心了。

在韓國，你去拜訪公司時，接待處的小姐一定會站起來應酬，不會像在日本坐在那裡；還有去上司辦公室時要經過祕書室，經過時祕書室的全體小姐會站起來問候你，這種感覺很好。但當聽他們說韓語時，會有些與此不相容的感覺，比如說，對我說話的時候說：「我們社長大人說……」談到自己的家人的時候也說：「我父親大人說……」稱呼自己一方的人也用敬語。

敬語分爲「尊敬語」、「謙讓語」、「鄭重語」三種，韓語裡謙讓語不多，但像

「半語」這類用於稱呼手下的比較粗魯的詞語特別發達。我們在韓日本人使用這些詞句時感覺很難爲情，總無法應用自如。大人對小孩、同學之間、成人之間、夫妻吵架時，常使用半語這類較粗魯的詞語。已故的北朝鮮金日成主席與日本政治家金丸信見面時，據不準確的資訊說，他從頭到尾使用的都是半語。

韓國缺乏謙讓語，說明他們的精神構造裡沒有「謙讓的美德」，是個自我主張很強的社會。韓語語言構造還有一個特點是，被動語不夠發達。日語裡面用被動語表達尊敬之意，韓語裡沒有這種功能。日語裡像「昨天晚上我被喝了很多酒」或者「在卡拉ＯＫ裡被唱了歌」，這種責任所在含糊的表現方式很多，韓語裡這種表達方式很少。他們不喜歡含糊和不明朗的態度，即使是上下關係他們也要搞得非常明確才安心。

他們不說「被朋友拿走了」，而說「朋友拿走了」；不說「被誰看到了」，而是說「誰看到了」；運動會在旁邊加油時說：「要贏！」但日本卻說：「千萬別輸！」讓韓國人很費解，他們說：「這麼說是不贏也行?平局也行?哪有這種助威法的?」

對上司使用尊敬語，對下屬使用半語，韓語只需這兩種表達方式，說明韓國的人際關係簡單明瞭。最基本的在於君臣、父子、夫妻關係，沒有必要使用「謙讓」這種複雜的形式。在此舉個例子來說明韓國人缺乏謙讓的精神。

有個日本朋友到一家公司訪問，與接待自己的公司職員一起搭電梯，中途公司上司也進電梯了，這個職員把這日本朋友放在一邊，而對自己的上司行最敬禮。朋友很氣憤地說：「我是你的客人，你竟然……」韓國的禮儀是面向自己一方的人，同外部關係相比，內部人際關係更重要，這種場合，明顯是上司比客人更重要。因爲沒有謙讓的想法，無意識中就把禮儀集中到自己重要的一方。

日本有一家大廠商和韓國的某財閥簽訂了提供技術的契約。前幾天，有機會和此事的負責人談話，說是現在總公司因一個問題而出現大爭論。釜山新工廠舉行落成儀式，韓國方面邀請了很多財閥的高官，日方想他們肯定也會邀請日方技術人員參加，但遲遲沒消息。爲了確定這件事，打電話給韓國方面，想不到他們好像忘記了似的說：「那好，就讓他們也出席！」就這樣，日方技術人員臨時趕到會場。韓國方面根本就不在乎爲建設工廠而做出貢獻的日本人，工廠管理者只光顧著自己公司的長官。據說整個儀式上，沒有說過一句感謝日本人的話。

聽到這事，總公司的人都說：「果眞是反日意識很強！」「韓國人眞不知禮節！」

「那麼賣命幹，眞是沒意思！」等意見百出，最終得出的結論是：「不知韓國人到底在想什麼？……」

這和在電梯裡發生的事一樣，韓國人的禮節是面向自己的內部，如果理解這的話，可能日本人對韓國人不顧日本賓客的行爲就不會覺得大驚小怪了。韓國靠日本ＯＤＡ資金建造的地鐵、水庫、高速公路等比比皆是，但是誰也不認爲這是日本的援助。他們眞是不在意別人，認爲什麼都是自己幹的，眞是很幸福的國民。

韓國的街道上，可以看到很多和日本三菱的「DEBONAIR」和本田的「LEGEND」一模一樣的車，他們的名字是現代製造的「GRANDEUR」和大宇生產的「ARKADIA」，一般人都不知道這是模仿日本的，所以引擎等其他很多技術都是使用日本的，就更沒人知道了。妻子來到東京後，在丸之內附近看到了DEBONAIR說：「這車和我們家的一模一樣。」好像發現了新大陸似的，我告訴她說：「那原本是三菱的產品。」這麼一說，她於是沉默不語。

狂熱的世界盃

結婚前，妻子是一位普通的韓國人，以我的觀點來看，可以說是一個典型的韓國人。日韓拳擊比賽時，若是韓國贏的話，她會高興地拍手。但最近，她對日韓足球決戰是毫無興趣。自己是韓國人，丈夫和孩子是日本人，不存在什麼日韓決戰，因而對爲韓日決戰而神魂顚倒的同胞抱有一種冷眼旁觀的態度。

韓國人都要變成像妻子一樣就好了，但實際上和六、七〇年代的拳擊時代沒什麼區別。進行二〇〇二年的世界盃足球賽舉辦國投票那天，我們在韓日本人都擔心要是決定在日本舉辦的話可就慘了。結果是由日韓兩國共同舉辦，於是鬆了一口氣。但韓國人當然是希望能由韓國舉辦，得到共同舉辦的消息時，他們有些失望。

一九九七年，法國世界盃足球賽亞洲地區資格賽在東京舉行日韓決戰時，韓國奇蹟般地轉敗爲勝，一瞬間，我住的公寓裡到處都是歡呼聲。第二天看報紙，無論什麼報紙都是頭版頭條地報導韓國的勝利，報導方式也有些讓人憂慮。

世界盃資格賽，而且是韓日決戰，這是韓國國民十分關心的事；但是在日本，因當時是資格賽，只有一部分的足球迷關心這事。但韓國都是以「日本也和我們一樣關注著世界盃的韓日決戰」爲前提進行報導。

在日本，觀眾會從比賽前一天開始就徹夜等待在會場門口的不僅限於足球，其他比賽項目也有類似的情形，但韓國新聞報導說：「這是大決戰前緊張的日本。」然後是比賽的第二天，拍些沒有什麼特殊變化的早晨上班的畫面，說是「意志消沉的日本人奔向工作場所」。

韓國方面不說日本人輸了而喪氣的話，他們就很難辦，因爲沒有互不認輸，只是自己神魂顛倒的話，根本沒有立足之地。但事實是除當事者以外，沒有人在乎這次比賽的勝負。由於彼此之間像這樣，所關心的事情的差異太大，從而歪曲了韓日關係的正常發展。經濟活動、外交活動也是同樣。韓國如果不出現努力正視現實的政治家，報導機構不改變這種主觀思考，進行客觀正確的報導，日韓的對峙是永遠不可能結束的。

亞洲地區分區預賽的第二次日韓決戰在漢城舉行。這時已經確定打進世界盃的韓國，因爲沒有太重視、太認眞，結果輸給了日本。電視裡的採訪或報紙的讀者投書裡有幾篇感想說：「日本贏了，太好了，讓我們一起去法國！」看到這，我感覺到韓國人的心好像放寬了，從今以後「反日」的情形可能也會有所好轉，我爲此而感到喜悅。但是看了在馬來西亞舉行的日本和伊朗的決戰後，我的這種喜悅又完全消除了。

韓國的衛星電視對這場持續三小時的激烈決賽進行了現場直播。「讓我們一起去法國！」說這話的韓國人，當伊朗進球的時候他們是高聲歡呼，而日本人進球時則是鴉雀無聲。當時我整個晚上一直到第二天的早上，都在傳送電子郵件和上網，「日本贏了，眞是可恨！我們不願和日本一起去法國。」這種內容和感想的信件是紛飛而來。

最近幾年，人們能很自由地到國外旅遊，到日本短期留學和旅行的年輕人也越來越多，我覺得對日本的認識應該也有了很大的變化，但從玩電腦的年輕人當中，可以看得出，他們純粹是從小被培養起來的「反日」的根柢，比殖民地時代和戰後時代還要深。對日本應該抱持什麼態度，應該是成年後，由本人進行判斷而決定的事，但未成年之前，在幼小的心靈裡，已在無意識中灌輸了這種「反日」的情緒，從深層心理學來說，可能用一般療法是無法醫治的。

世界盃的正式比賽，韓國第一場是和墨西哥比。先發制人地取得分數的河錫舟選手，後來很快就被判紅牌退場，少了一個人的比賽導致了韓國的失敗。河錫舟的行爲正是韓國人典型的性格，比較容易感情用事。第二場和荷蘭比，河錫舟仍不能上場，最終是以五比〇大敗，他們在中途好像就失去了鬥志；但日本在第一場和第二場直到最後都是全力以赴作戰，從這裡顯示出兩國國民性的不同。韓國在兩場比賽都是在中途就喪失了鬥志，這種民族的弱點應該如何綜合評價呢？韓國好像是和日本以外的對手比賽時，總是缺乏鬥志。

男女都要膽量

日本說「男要膽量，女要可愛」；韓國說「男要膽量，女要貞節」，這是一種比較符合儒教國家的說法。但我們在韓日本人的感受是「男要膽量，女也要膽量」，這好像是和現實比較接近的。電視台在街頭採訪時，無論男女老少，沒有一個害羞，無所顧忌。在回答採訪時，日本年輕女孩常會說些什麼「太棒了！」「你在撒謊？」「眞的嗎？」等這些毫無意義的詞語，但韓國女孩不這樣，她們都能夠很明確地表達自己的觀點。

這種不膽怯的性格可能源自於樂觀的民族性，對學外語非常有利。拿在美國和中國工作的日本人和韓國人相比，日本人可能在語法和基礎知識方面知道的比較多，而在實用方面則沒法和韓國人相比。儘管他們說得不是很道地，口音很重，但韓國人很敢說。愛出鋒頭的性格也有這方面的優勢。

妻子也很有膽量，不甘心落後於人。和我結婚之前，當時她的姊夫是職業軍人，姊夫想調到家鄉的部隊，爲這件事她一個人到漢城南山的陸軍本部拜訪參謀長，當然她並不認識參謀長。就這樣一個女人，說是來見參謀長，結果陸軍本部守門的憲兵、參謀長、副官等居然都准許她通行。當時在陸軍本部的內部，妻子突然出現在參謀長的面前，想必一定令他吃驚不已。結果最後終於同意了她姊夫的調動。

這在日本是難以想像的事，但這是韓國「縫隙社會」比較有趣的地方，這對北朝鮮的間諜來說是件很有利的事。戰後的日本，黑道社會當中，韓國人的勢力很大，我想一方面是能力，一方面是韓國人膽量較大的原因。據我的保人S的說法，當時日本有名的黑社會組織的最高層領導儘管都是日本名字，但其實大部分是在日韓國人。宣布繼承師名時，穿著帶有家紋的日式大褂，在「南無八幡大菩薩」的面前交換酒杯的情景很是滑稽。因爲他們是韓國人，「流氓」的發音不準發成「牛氓」，說話有時也是前言不搭後語。

有膽量是一件好事，但有時蠻不講理讓人很爲難。在韓國生活，可以看到很多有趣的事，但有時也會遇到讓你惱火的事。那時，我想和那人講理，但妻子阻攔說：「韓國的男子都當過兵，你得要小心，跟他們發火，不知道會發生什麼事情。」韓國人小時候都學過「跆拳道」。我儘管是聽從妻子的話，但還是解不了心中的恨。

妻子的膽量也很大。我們全家到東京的郊外去兜風，中途迷路闖進了一家果園，我停下車看地圖，妻子居然開起玩笑來，摘下了一顆長得很好的梨說：「快逃！」大女兒擔心地說：「媽媽，被發現了會被抓的。」一副很緊張的樣子；我也提醒妻子說：「在日本，即使是摘一個梨，主人也是會生氣的，還是注意點比較好。」

妻子居然理直氣壯地說：「在韓國，沒有人會因摘了一顆梨就生氣的。要是果園的主人看見了，也不會說什麼，還會再讓你多拿些。日本人心胸眞狹窄！」的確韓國人在這方面是比較豁達。妻子儘管年齡大了，愛開玩笑的本性依然不改。前不久金大中當選大總統，就是因爲他臨機應變的幽默特質，吸引了選民的心。但妻子這種頑皮的性格，在日本沒有人接受，看她失落的樣子，也覺得她很可憐。

第六感

二十年前我在韓國留學的時候，大部分的留學生是僑胞，屬於居住在日本或是美國的第二代和第三代。日本人到韓國的話，會努力融入韓國社會，但原本是韓國人的僑胞根本就不在意。留學期間，我去他們的宿舍使我大吃一驚，走進他們的房間，完全是日本的世界。放著被爐，堆滿了日本的速食麵，牆上貼的是日本明星掛曆。

他們大部分是經濟上比較富有的在日韓國人的子女，不愁沒錢花，整天花天酒地，像暴發戶似的，因此遭到別人的嫉妒。第二代和第三代不同於以「衣錦還鄉」爲目標的第一代人，他們的精神世界比日本人還日本化，完全和韓國社會疏遠了。

那時有一位關係很好的在日僑胞C先生。二十年後的今天，當時在漢城留學的人，幾乎都離開了，只剩C先生、我和S社的K分局長，還有就是後來才來的K社的H局長四人，至今還在漢城追尋留學時代的夢想，經常在一起討論自己對韓國的見解。

我和K分局長不知何時能回日本，我們不同於那些一般的駐外人員，沒有定期，我們稱自己爲「在韓日本人」。因在韓日本人和在韓在日韓國人的待遇有類似的地方，所以我們盡可能地製造機會一起喝酒，藉由喝酒加深雙方的感情，雖是少數派但特別團結。

偶爾以前一起留學的朋友從日本來韓國時，我們總是找個好地方聚會，然後在那裡玩「嫩取」的遊戲。「嫩取」是韓語的「第六感」（這邊指的是察言觀色）的意思，測試你的機靈度。在日本和美國，大家一起到外面去吃飯或是同伴一起喝酒時，都是各付各的；但在韓國得由同夥當中的一個人付，各付各的會被認爲是小里小氣。所以午飯也好，喝酒、喝茶也好，到快要結束的時候，大家的神經就開始敏銳起來。有時上司說：「今天由我付。」有時底下的小職員很機靈地說：「今天我來付。」當中也有說：「今天我有點事。」而中途退場的，不管怎樣，敏銳的第六感不是件容易的事。我們在韓日本人也是入境隨俗，每一次，總要找出某種理由來讓某個人付帳。

社會生活中，第六感有其必要，但帶來的壞現象是儒教的形式主義。親身體驗最多的是上洗手間，在韓國，進洗手間坐在馬桶上時，如果聽到外面有人來的腳步聲，爲了避免外面的人來敲門，他們就輕輕的咳嗽一聲，說明裡面有人。「裡面有人！」說出這樣的話，會很難爲情。這也可以說是形式上的美，儒教眞讓人十分敬佩。

韓國人，整天都得動用第六感。妻子說：「因爲年齡的上下關係很嚴，必然而然就成了這種情形。」還有「因爲在乎面子，所以不得不動第六感。」妻子最後是深有所感地說：「日本是個人主義，用不著這樣眞輕鬆！」

在韓國，工作單位的同事或是商場裡的店員，對比自己年齡大的人有稱呼他們爲「大姊」「大哥」的習慣。男士之間也是稱呼比自己年紀大的爲「大哥」，以此來判斷上下關係，避免在用字措詞上出現差錯而傷害對方感情。長輩、晩輩、同輩三者得使用不同的表達方式。

韓國人在乎面子的程度是日本人怎麼也比不上的。這可能是源於宗族共同體的農村生活。有名望的家族，即使沒錢，也要裝扮成適合身分的樣子。逾越身分的行爲，會受到大家的譴責。因而人們得經常在乎周圍的眼光，所以韓國人的第六感特別發達。

ＩＭＦ時代，有一段時間韓國有賣黃金給政府的運動，國外媒體報導說這是市民的美德，但事實並非如此，很多人只是在乎別人的眼光，爲了自己的面子而參加的。那時也很少有人去高級商場，我對妻子說：「這眞是太糟糕了！」妻子很篤定地說：「哪裡會？這是屬於第六感效應。這種時候如果去商場的話，會被別人說閒話。」

在韓日本人、在韓在日韓國人，都主張韓國的政治、外交、經濟是「第六感政治」、「第六感外交」、「第六感經濟」的說法。「第六感政治」在金泳三執政末期非常顯著，因他在乎國民的眼神和聲音，政策和人事總是變化無常。「第六感外交」則比如說中韓建交之際，本來韓國政府要求中國政府對韓戰時期中國軍隊參戰之事謝罪，但後來看到中國政府滿不在乎的態度，就自動撤銷了這項要求；對日本情況也是如此，如果和日本步調不一致時，國內輿論也會使用第六感，利用反日招牌就屬這一類。「第六感經濟」是導致ＩＭＦ體制的凶手，不認眞思考將來，只是一個勁地進行龐大的投資，說是別的財閥也在做，顧及面子，自己也得努力看齊。基本上他們的態度就是不講究合理性和科學性，只靠第六感。

經過長時間的討論，K先生不由得嘆息，因爲憂慮心所愛的韓國的未來；H先生也在嘆息，因爲任期快到，不久就要離開韓國回日本了；C先生也在嘆息，因爲他還沒孩子，在韓國，男人有留下後代的義務。漢城的晚上，我也在爲那不能實現的理想而嘆息。

4・愛情是什麼？

一切都為了自尊

韓國人喜歡用「自尊心」這個詞。電視裡的廣告說起亞汽車是「韓國汽車的自尊心——GREDOS」，旅行社的廣告說「民族的自尊心——白頭山」。這裡的「自尊心」相當於「自豪」之意，但韓語中「自尊心」一詞爲別的意思，和中國人常說的「面子」語感相近。

韓語辭典裡解釋「自尊心」爲「不屈服於他人」，日語辭典的解釋是「提高自己的品味」，儘管使用的漢字相同，但意思完全不同。

夫妻吵架時，妻子總會說傷了她的自尊心而大發雷霆，我至今還是不明白那是什麼？韓國人說「被傷自尊心」時，好像是受了極大的侮辱之意。因此他們說「被傷了自尊心」時，眼中已不顧一切事實關係，只是強調被傷的結果而對傷害自己的人進行抗易議。

慰安婦問題、六五年日韓條約及戰前殖民統治等，韓國人也說是「被傷了自尊心」而發怒，沒辦法跟他們講道理，因爲他們從來不會去重新考查驗證事實，對歷史有個正確認識。

金泳三前大總統和橋本前首相兩者之間同意共同驗證歷史，但韓國人的內心認爲：「日本人應該承認所有的錯都是他們的。」一旦站到同等的地位時，就會說：「豈有此理！」

也不知是誰教橋本前首相的，和金泳三前總統相見時，竟使用了左手按住右腕的韓國握手方式，這種握手方式在韓國是下屬對上司的行爲。韓國人看到這心情好極了，因爲他們內心認爲既然是行了這種臣民之禮，對歷史的看法就應該順服韓國的意見。

打高爾夫球時有一個規定就是，落地的球絕對不允許移動，但有些高爾夫球場因地面穩定性能較差，允許在六英寸以內進行移動。橋本前首相是絕不會承認這些特定球場的特殊規定的，因爲他認爲動球是一件特別不光彩的事。

韓國人很草率或者可以說是特別豁達，不只允許移動六英寸，移動一米也是很常見的事，說是「莫露杆」，第一擊的ＯＢ也不算數。如果橋本前首相和金泳三前總統一起打高爾夫球的話，中途可能會大吵一架。如果眞是這樣的話倒更好，因爲如果只是作作表面功夫還不如彼此大戰一場，這樣更能夠清楚地瞭解雙方的不同，兩國關係也會變得更好。「自尊心」這個詞語當中表現的是韓國人深刻強烈的悲痛心情，如果日本總是強調「事實關係」，以這種冷漠空虛、機械式的話語應付的話，是無法塡補彼此之間的鴻溝的。政治和外交也是一樣，只要涉及到人，就不能忽視人的感情。如何使感情融合，這是大政治家必須具備的條件，但遺憾的是韓國不存在這種政治家。對韓國來說，南北問題也終究是雙方感情融合的問題，如果南北雙方開始爭論「自尊心」問題的話，肯定是會一發不可收拾的。

妻子總會給我很多啓發，儘管因想法和思考方式不同經常會出現爭吵，但從中也可以學到不少東西。異國婚姻就像日韓關係一樣，有些似是而非的、種種糾纏不清的因緣，因而總是很艱難，不順利。但是在這當中堅強忍耐，不斷進行自我改變的話，就會看到另外一個世界。昔日不合乎情理的東西今天變得合乎情理，這種有趣的事只有異國婚姻才能體驗得到。

和妻子結婚後，我總是會爲她說什麼自尊心或那些毫無道理的言詞而發怒，覺得厭倦。但十年過去了，現在我終於能明白一些韓國人的內心世界。從這些體驗給我的感覺是，我難以理解那些只是微笑著握手，輕率地說現在是日韓新時代的日本政治家的行爲，他們到底在幹什麼？常常讓我覺得不可思議。他們如此草率，彼此是不可能互相理解的。

從曾爲中日友好盡力，已故的岡崎嘉平太的祕書那裡聽說過一個故事。持續幾週的貿易交涉期間，岡崎先生給了祕書一本柳周鉉寫的《朝鮮總督府》的小說，小說裡具體描寫了韓國人眼裡看到的日本殖民地狀況下的朝鮮狀況。祕書說：「這是一部很好的小說，也給F先生（政治家）看看，怎麼樣？」得到的回答是：「沒那必要，那人中日友好只是爲了得到選票，對朝鮮問題是一點也不會關心的。」

日本政治家的水平只聽說是比當時下降，沒聽說有任何提高，至今都未有眞心想認眞處理日韓問題的政治家，都說韓國是政治家的鬼門關。希望拿出勇氣來這種說法可能有些怪，但我眞誠地希望，日韓兩國能出現把日韓關係看成是古代兄弟關係的人物。

和家人一起在外用餐

「偶爾也到外面去吃吧！」在大女兒的要求下，我們去了一家自助餐館。無論什麼餐館，女兒的願望總是希望能吃到很多烤肉。

自助餐館裡除了韓國食物外，也擺著日式、西式和中式等各種料理。固定的價錢就可以盡情痛快地吃，這種餐館好像很適合韓國人的習性。IMF時代，很多餐館都關門歇業了，但新的自助餐館是一家接著一家出現。

韓國是過舊曆年。春節和元旦的時候，餐館的生意一般不是很好，但自助餐館是從聖誕節到春節期間的生意都特別旺，一流飯店和市內的自助餐館都爆滿。當中還有限定時間，一個晚上要輪流轉換二到三批客人的餐館。

在日本，去外面用餐時一般去的都是烤肉店，轉來轉去最終總是轉到附近一家熟悉的烤肉店。前面也談到過，為了消除妻子的精神壓力帶她去吃烤肉，結果是付了昂貴

的價錢，反倒使她的精神壓力更大。

在韓國的話，各種辣白菜、小炒、大蒜和生菜等都是免費供應，要多少給多少；但在日本，辣白菜和小菜等也得付錢，這使妻子很不高興。她也不喜歡日本人像寶貝似地將牛肉一塊一塊地烤，我告訴她這樣烤牛肉會更香，但妻子還是覺得不一大堆一起烤不痛快。

韓國人有些知道日本神戶牛肉當中具有代表性的霜降牛肉的美味，這種牛肉不用烤得太硬，但妻子和女兒不管是多好的肉，不烤焦不吃。大女兒最愛吃排骨肉，也就是肋骨上很多橡皮似的比較硬的部分的肉，在韓國，這也是很懂得吃牛肉的人。把骨頭吃得乾乾淨淨後，帶回家餵狗，狗很喜歡。

把神戶牛肉烤得硬邦邦的，這是一個悲劇。除此之外，還有吃河豚。像河豚這一類高級魚，或是味道淡泊的東西，日本人通常是把它做成生魚片細細地品味，剩下的河豚骨頭不用加任何調味料清煮，只有這樣才能品味到河豚的眞正美味；但韓國人就不一樣了，他們放在鮮紅的辣湯裡，加上豆芽和芹菜一起煮。

妻子和大女兒也很喜歡這樣吃。喜歡吃排骨的大女兒冬天總是選擇吃河豚，辣湯也是喝得一滴不剩。我對女兒說：「你到底還是韓國人！」女兒不高興聽這話，但因吃河豚的方式和韓國人一模一樣，所以也無話反駁。大女兒平時和日本人沒多大區別，但在外用餐時搖身變爲韓國人，妻子看到這情景非常高興。

韓國有一種米粉做成的長條糯米糕，切成一小片一小片放在辣湯裡煮著吃，有點類似日本小攤上賣的雜燴，我不覺得好吃，但韓國的婦人和孩子都很喜歡，大女兒也覺得好吃，妻子常常爲此感到欣慰。我想孩子的口味可能是繼承母親的。

我們家幾乎每天都去狎鷗亭洞的現代百貨公司，最近增加了一個賣日本點心的櫃檯。因製作點心的是韓國師傅，味道不是很純正，色彩也比日本鮮艷。日本點心一般色彩都很潤淡，但這裡的點心，閉上眼睛浮現在眼前的是紅、橙、黃等色彩，和淡色無緣。

汽車車身的色彩世界各地並沒有很大的區別，因汽車是屬於國際商品，另外從城市環境和自然調和這兩方面來考慮的話，那些超出常規的色彩會影響銷售。但在韓國，有一種車身色彩很特別，爲紫色，確切地說是藤蘿的淡紫色。幾年前，漢城的市內公車，突然有一天都被塗成了這種淡紫色，使我們這些在韓日本人大吃一驚。

對色彩的感覺是各民族特有的東西。谷崎潤一郎的名著《陰翳禮讚》裡論述了日本人的色彩感覺，說日本人喜好的是素雅和黯淡的色彩。比如說羊羹的綠色和紅色都有一種模糊的感覺，日本歌舞伎拉幕的紅色和綠色，木偶淨琉璃戲太夫坐的坐墊的顏色等，都是日本傳統的色彩，是個古雅恬靜的世界。使用原色的地方只有類似日本和服的內衣，這些眼睛看不到的部分。

但韓國則完全是原色的世界。民族服裝的女式裙和男式服裝都是很耀眼的原色。韓國人最喜歡的色彩組合是紅、藍、白、黃、綠幾種原色組合在一起的格子式樣，這常用於商品包裝紙和民族服裝的袖子等。

看到冬天韓國的褐色大地時，就能夠理解他們喜好這種原色的背景，原色是繁華和豐富的象徵。在這種環境下成長的韓國商人穿的西裝也很大膽，經常會穿著奇異色彩的西裝出現在你面前。日本人的西裝大多是深藍色和灰色，對那種穿著色彩鮮豔的人往往是敬而遠之。民族不同，色彩的感覺也不同，因此不可僅根據韓國商人穿的西裝顏色來判斷對方的人格。

大女兒在色彩感覺這方面，是屬韓國式還是日本式，現在還不是很清楚。至今爲止，所穿的衣服都是妻子買的，因妻子曾是設計師，審美觀不會太差。女兒長大成人之後，是喜好原色文化還是迷戀《陰翳禮讚》的世界，我期待著能夠早些知道這個答案。

韓國人的模仿

妻子到商場去買最近電視裡常宣傳的化妝品，結果兩手空空回來，說是已經賣完了。韓國人對流行特別敏感，不論什麼都想立刻模仿。我因工作關係，到各公司主管辦公室去的機會比較多。主管辦公室裡通常放有一張大的木桌，桌上放有理事長某某，社長某某等的名牌，豪華的茶具，牆上掛著匾額，這是保持威嚴的四件組合，無論哪個公司都是大同小異。

但是幾年前，這種威嚴凛然的辦公室突然發生了異變，變成了大的圓桌。客人來的時候多坐在這圓桌旁。上下次序嚴謹的韓國，曾爲誰坐上座大傷腦筋，但「圓桌會議」的話，就不用在意了。一瞬間這種圓桌很快就在全國普及了，電視裡中央政黨幹部也變成了圓桌。

韓國南北組合在一起的話，面積是日本的三分之二，人口是日本的一半；但目前南北分裂，面積和人口都是日本的三分之一。在這麼狹窄的國土上人口又密集，因此所有的東西都變成「同一模式」。這是一方面受李朝中央集權遺風的影響，另一方面從物理角度來看，漢城也是容易「一處集中」的狀態，因此幾乎沒有什麼地方文化。

日本東京（江戶）和大阪是兩大文化圈。江戶時代在封建制度下，各藩都培養出了獨特的文化，但李朝的中央集權體制不允許地方的獨特性。韓國第二大城市是釜山，漢城和釜山的關係不同於東京和大阪的關係，釜山只是一地方城市，因而增進了漢城的一處集中，各方面都變成了「同一模式」。

我問妻子韓國人有什麼特點，她隨即說是：「模仿。」妻子儘管不用「同一模式」、「一處集中」這些很難的詞語，但她用「模仿」來表現所有的一切，說：「時裝和髮型不用說，甚至連口紅和指甲油的顏色，只要有一個人開始做新的東西，韓國人就立刻模仿。」

韓國無論哪個財閥都擁有建築工程承包公司或證券公司等，也可以說是模仿。成了財閥最高層時，半導體、石油化學、汽車等，因其他財閥做，所以自己也做，因競爭這種品種齊全而常常導致設備的過剩投資。

妻子說除了「模仿」之外說韓國人還有一個特點是「不服輸」，這是非常含蓄的說法。韓國人模仿別人是不服輸的，誰買了流行手提包的話，自己也想買，內心深處有這種不服輸的心情。財閥之間競爭品種齊全也是出於這種心理。

妻子還說韓國人模仿之後，沒輸的話就滿足現狀，不求發展，這點和日本有很大的不同。日本人在時裝方面，追求流行的同時也保持自己的獨特性和多樣性，而韓國人有了和別人相同的東西後，覺得沒輸就此滿足。

這樣看來，韓國經濟表面看起來和日本一樣，但其實有很大差異，因爲對財閥來說，企業好像是他們的裝飾品。過去韓國因爲貧窮，爲了脫離貧困而拚命工作，導致了「漢江奇蹟」的發生，成了「亞洲四小龍」之一，但韓國忘記了初志，埋頭在這種追求虛榮的競爭中，以至成了當今國際上的禁治產國家。

關係越近越可怕

有一次，我的朋友問我：「在韓國工作和在中國工作，哪個容易些？」我毫不猶豫地回答說：「在中國比較容易，中國人絕對不會背叛人的信任。以前在中國只單靠信賴關係，不用簽什麼合同，現在還一直是這樣，他們很有義氣。」朋友接著問：「韓國人怎麼樣？」「韓國人則相反。和你關係越好越會欺騙你。牽涉到金錢的話，有時連家人和親戚都騙。他們的想法很幼稚，覺得是家人或朋友的話，這樣做也無所謂，所以對他們還是注意一點比較好。」

中國和韓國是以宗族共同體爲基礎的社會，產生出的結果是中國是「信用」和「信賴」，而韓國是「幼稚」和「依賴」，這可以說是民族的差異吧。韓國人常用「烏裡」（我們之意），中國人則用「我」，而日本則是省略主語，很不明確。我在韓國生活時經常可以感受到韓國人說「烏裡」時的共同體意識以及表裡一致的「幼稚」和「依賴」。

剛開始學韓語的時候，韓國老師總是自誇韓語，說韓國文字的母音和子音組合在一起，可以表現世界任何一種言語，但事實上世界中的言語只要學兩到三種時，就會碰到韓語無法表達的母音和子音。這種夜郎自大，本國第一主義，是一種特別幼稚的想法。

全羅道南端有一個叫「珍島」的島嶼，最近因出現在日本的流行歌裡，因而變得很有名。這裡有一種名叫「珍島」的狗，韓國很自豪有這種狗，但不管怎麼看，都特別像日本的柴犬。他們不管這狗的祖先是什麼地方，就聲稱說「珍島狗是世界第一，韓國的驕傲」，另一方面又不願意進行DNA檢查，說沒必要。但他們實在有必要冷靜去想想，客觀的情況是怎樣？外面的世界又是怎樣？

妻子在日本也生活了好幾年，也曾去過中國和東南亞，她不說什麼夜郎自大的話，反而對韓國總是模仿別人覺得厭倦。日本也是在古代模仿中國，明治維新之後模仿歐美，這點和韓國是相同處；但不同的是日本人不會說秋田犬是世界最好的狗，日語是最了不起的語言。富士山和京都的確是在世界上無以倫比的，但這不是出於自己的口，而是出於外國人的評價。爲什麼會有這種區別？這也是一種對共同體的幼稚的意識。

經常聽說日本人到國外去時，只是一個人默默喝醬湯，但韓國人不可能像日本人一樣。韓國人是天生怕寂寞的人，到海外也是愛合群。美國的韓國街很有名，中國北京的亞運村好像也會變成韓國街，有一個朋友以前在這買了一間公寓，一年前，一個韓國人搬遷過來了，很快整個樓層都變成了韓國人。

這樣的話，公寓也會出現韓國的「症候群」現象。朋友說現在在等電梯的地方、走廊和樓梯處，都擺放著自行車和滑板，成了小孩子玩耍的地方。妻子在日本和中國時，不認識的韓國人也會過來搭話，但她不想和他們住在一起，因爲我是日本人，而韓國人聚在一起的時候，彼此得察言觀色，還要圖虛榮，覺得太累。韓國人聚在一起時總是說：「我們韓國是最好的國家。」聽他們說這些話，總覺得十分愚昧可笑。

「唐古其浦」（熟悉的餐館）經常會打電話給在韓在日韓國人①的C先生或是S社的K分局長，說是最近IMF時代客人不多，所以希望能夠多來捧場，但他們還是不去。在日本對常客經常會增加些服務項目，降價是很常見的；但韓國人不這樣想，而是想說「因爲你是我的常客，現在有些困難，能不能來幫幫我。」而且這時總是讓你付很高的價錢。對熟悉的人、朋友或是親戚，覺得給他們添麻煩也沒關係；而這種時候，韓國人也是甘心接受這種要求，這就是韓國社會。從這個意義上來說，在韓日本人和在韓在日韓國人心胸比較狹窄，這種時候，也許應該像韓國人那樣大方地到店裡大手筆地去花錢。但因日本人不喜歡這樣做，所以總是猶豫不前。

這也是韓國人「依賴」的最好的例子，因爲和店裡有來往，不知從什麼時候開始，和店裡的經營者站在相同的立場，伸出援助的手，共同度過這困難時期。從客人的身分變成店裡的經營者的身分。這種時候，店裡的先生和小姐不再稱呼客人K先生和C先生，而是稱呼爲「哥」。接受這種「依賴」的那一瞬間，責任也接踵而來。

①在韓在日韓國人：移居日本後又回到韓國工作的韓國華僑。

愛情是什麼？

《愛情是什麼？》這部電視劇在中國播放後有很大回響，反覆播放了好幾次，這原本是韓國的電視劇，描寫的是兩個家庭的故事。

我和韓國人結婚，住在韓國，知道我這情形的中國人都會問我：「韓國人眞的都是那樣嗎？」我回答說：「就像那樣。」中國人都喜笑顏開地說：「和我們一模一樣。」

這電視劇可以說是韓國的典型家庭，一家人當中只要有一個人有問題時，大家都會來勸說，一起爲這個人擔心。在日本人的眼裡，好像是一場鬧劇，但韓國的家庭就是這樣。我的妻子也覺得家庭就應該像這樣。

父親在書房，女兒在自己的房間，吃飯的時候，聚在一起一邊吃飯一邊看電視，完了之後，各自回到自己的房間，這是日本的生活模式。但妻子最不喜歡這樣，我和大女兒如果關上自己的房門，會挨妻子的罵，家庭之間沒有什麼私生活。一起歡笑，一起流淚，經常在一起打打鬧鬧，這是韓國的理想家庭模式。

中國人看了電視劇之後說和自己一樣，聽到此話我覺得有些意外。因爲幾年前中國就放映了好幾部日本的流行偶像劇，這種時髦生活和主演明星的名字也經常成爲話題，然而他們對《愛情是什麼？》的回響不是夢的憧憬，而是共鳴。

仔細想想，中國人和韓國人一樣也是宗族共同體的一員。現在的中國，住宅條件比較差，在面積很小的房子裡，三代同堂是理所當然的事。家人之間不得不互相干擾。中國著名的作家老舍曾經寫過名叫《四世同堂》的小說，《愛情是什麼？》的本家可說是中國。

在中國，經常有機會和日本考察團及中國方面的接待人員一起乘麵包車。那時，日本人特別安靜，中國人卻是大聲說話，沒完沒了。這種時候，日本人即使是有話想說，也是怕影響別人而輕聲細語地說。

但是中國人和韓國人是非常熱鬧，韓國人甚至歌聲飛揚，麵包車裡，中國人和韓國人同在的話，會是什麼樣？毫無疑問會是非常熱鬧的。

日本人、韓國人、中國人這三個民族相比的話，有很多地方日本人和韓國人相近，或是韓國人和中國人相近，但沒有單只是韓國不同的地方。地理上正好處於中間位置的韓國也具有幾個中國大陸民族的習慣。

疊被子的時候，日本是將被面放到裡面，疊完後被子的裡層有一部分露在外面；但是中國和韓國，是將被面露在外面，疊好的被子特別漂亮，然後放在床上或是房間的角落，也有充當裝飾品的功能。妻子來日本後，看到我按日本的方式疊好被要放進壁櫥時，會說：「稍等一下！」然後將我疊好的被子重新折疊一次，她不按韓國的方式折疊的話，總是不中意。

幸好妻子沒機會貼拉門紙，拉門紙的貼法日本和韓國完全相反。日本是貼在拉門的外側，在房間裡，可以看到拉門的橫木條；但韓國和中國都是貼在拉門的裡側，拉門的橫條在外側，從房間裡看的話，光線暗的時候，看不到橫條的存在，但是由於外面和裡面光線的反差，拉門的橫條會浮現出精美的幾何圖形。不知從什麼時代開始，只有日本把拉門紙貼在外側。

餐桌上，中國和韓國都是將筷子豎放，但日本是橫放。我家通常是尊重妻子的習慣豎放，大女兒偶爾會說：「今天我們按日本的方式筷子橫放！」但不知什麼時候，小

韓國冬天雪景

女兒跑過來，又將筷子重新豎放。

這是很細小的事，但間諜教育時，可能總會當成是必修科目。大韓航空爆炸事件主謀眞由美（金賢姬）就是從被綁架來的日本人那裡學習了日本人的具體生活習慣。北朝鮮的間諜教程裡，可能最詳細地記載了中日韓三國生活習慣的區別。

能讓我感覺到韓國是個大陸國家還是冬天的時候。凍得發顫的身體，冰封雪地上沉默寡言的人們。一進家門，等待他們的是就像電視劇《愛情是什麼？》裡面的嘈雜聲。日本人在家休息，通常是指一個人擁有自己的安靜時間，但韓國人則是置身在這嘈雜聲裡。中國人也比較喜歡嘈雜，京劇的鳴鑼和唱詞的喧鬧、玩麻將時的噪音、餐館裡的喧囂……，這也是一種文化，我們不應該奪走中國人和韓國人的喧囂聲。

政治和文學

韓語把諺語說成「俗談」。韓國人愛好隨機應變地使用俗談。我家妻子也很擅長俗談。特別是夫妻吵架時，總是接二連三地冒出俗談。我要和她爭論的時候，她會說：「別班門弄斧了！」小孩要是說出了很簡單的俗談，或是稍微失敗的時候，她會開玩笑說：「眞笨，好像豬班長！」以此逗小孩笑，所以她很得孩子的喜愛。

IMF時代人們說：「擁有九十九袋米的人還想獲得只有一袋米的人的米。」這個俗談表現的是泡沫經濟崩潰的財閥的心理。妻子知道這麼多俗談是因她從小就一直聽大人說的原因，這使我感覺到韓國農村日常會話的深奧。從李朝時代開始，兩班(貴族)就很忌諱直截了當的表達，而是時興使用俗談等來諷刺這個社會。

因繼承了這個傳統，韓國喜劇演員的政治批評很是辛辣。其中有一位叫李朱一的，他是禿頭，和前大總統全斗煥長得很像，但他的影響比大總統還大。看他的表演，可以很清楚地明白國民有些什麼精神上的壓力。女性喜劇演員最有名的是金美花，她的表演比關西地區的相聲還要辛辣，有非常獨特的魅力，她是單槍匹馬地釋放韓國女性的如果精神壓力。幽默方面韓國比日本「先進」。韓國受歡迎的喜劇片如果在日本播放的話，日韓兩國一般市民階層的關係可能會一下子變好。

最近，每天妻子和女兒們看有喜劇演員出場的節目或是她們喜歡的電視連續劇。

我留學期間，爲了更瞭解韓國，讀了很多韓國的小說，但我選的課是中國文學，因我當時對韓國人是如何學習中國文學、知識水準如何等比較感興趣。當時韓國人一味追求古典知識上的博學，而不怎麼重視學習中國的現代和近代文學，看到這情景，我再一次感受到韓國畢竟是個行科舉制度的國家。當時，文學部的同學給我介紹了說是必讀的現代兩位韓國小說家，李清俊和黃晳暎的作品。那時李清俊發表的小說《你們的天國》，描寫的是在一個小島上的漢森病（麻瘋病）患者的生活，給我留下了很深的印象。後來，李清俊的名字還以電影作者的身分出現在《越過風之丘》的銀幕上，果然是名不虛傳。黃晳暎的短篇小說《他鄉》在當時回響很大，後來他逃到北朝鮮和金日成主席見面，成爲政治上的話題。

小說家黃皙暎　（許秋山／攝）

「政治和文學」是韓國作家最特別重要的一個課題。除李清俊等研究韓國民族起源及人性根源爲主題的作家之外，深受學生喜好的作家黃皙暎和詩人高銀等是堅決反政府；曾經以反抗詩人著名的金芝河赤裸裸地告白自己的人生觀說：「我不是什麼偉人！」他還批判過激的學生運動。但文壇和詩壇都視金芝河如無物，想抹煞他的存在。

韓國人喜歡給人扣帽子。解放前，韓國最有名的文學家李光洙曾經積極協助朝鮮總督府的創世改名，他後來改名爲香山光郎協助日本，是親日文學家的代表，現今也遭到韓國的批判。李光洙也在「六・二五」時被帶到北方，因協助日本的罪而被處死。身爲文學家的李光洙在協助日本和被綁架到北方的過程中，一定有不少思想上的掙扎，這種苦惱是做爲一個文學家在文學研究上必須解明的課題，是能喚起人類共鳴的部分，但韓國卻給他打上了「親日文學家」的烙印，瞬間把他排斥在研究對象之外。

我對韓國人的這種喜歡給人扣帽子，隨意評斷人的方式抱有很大的疑問。首先是學問無法形成，因爲他們一切都是用反日或是親日等意識形態來評判。歷史領域裡這種傾向更加明顯，只是在親日家和反日家的水平上進行討論。

李朝末期，金玉均率領獨立黨要進行國家的現代化，把他說成是幫助日本侵略朝鮮，而給予很壞的評價。但是，隨著歷史研究的進步，這種否定的評價不合理時，又找出些「金玉均要不是親日家就好了」或者「金玉均的改革因背叛了日本而受到挫折」等很勉強的藉口來進行再評價，這是應急手段，但越是玩弄詭辯就越會喪失學問的意義。

前幾天看電視，將韓國賣給日本，有賣國賊污名的李完用的子孫，爲要求歸還曾是李完用的土地而對國家進行上訴。對於這件事，某個大學教授發表了自己的觀點說：「賣國賊用日本的錢買的國家土地還給他的子孫是件很荒唐的事。」電視的採訪記者和這位大學教授的意見相同，他們不是依法來進行處理，而是依照「親日就是壞的」想法來處理。

韓國人對歷史的看法總是「不好的總是別人」，屬於「他律」——嚴以律人。拿出冠冕堂皇的理由，完全落入了主張自己正當性的朱子學理論，不追究自己的責任，只是一味地說「反日」、「親日」，對事實的眞相毫無興趣。

金泳三前大總統說是「重整歷史」，用溯及法逮捕了全斗煥、盧泰愚兩位前大總統。但歷史是歷史，無法進行重整。中國人害怕在歷史上留下污點，因爲他們知道歷史是無法塗改的。韓國人的歷代掌權者總是以批判前人的方式賦與自己正當性，將責任推給前任者，雖然可以一時讓國民滿意，但每一次，每一位掌權者的結局都是很慘的。

導致IMF時代，有責任的不只是金泳三一人，但政治家說是財閥的責任，財閥又把責任推卸給工會，國民則都認爲是政治家和財閥的責任，沒有一個人認爲是自己的責任。韓語表達這種狀態說是「寒心難忍」。

我與妻子的老年生活

我和妻子有時候會談論老年之後的事。等女兒長大後，兩人到自己喜歡的地方去安靜養老，究竟是什麼地方一直還沒得出結論，但兩人倒是從來沒打算要到日本去。我的性格比較喜歡包括韓國在內的大陸性的風情，妻子也不喜歡日本這麼狹窄的地方。

漢城也是個好地方，每天佇立在漢江邊，眺望對面的南山，根本不會想回到喧鬧的東京。妻子說，如果韓國經濟進一步發展，鄉村的生活會更方便，到時想回到鄉下老家，在果園中過優閒的田園生活。另外還有等南北統一之後到北朝鮮去生活的想法，因爲聽說平壤市內流淌著一條叫大同江的河流，是個非常美麗的地方。

我的祖父母是在平壤相識、結婚的，兩人都在我出生之前就去世了，所以詳細情形不是很清楚。祖父出生在山梨縣的深山裡，因嚮往著去大陸，到平壤的醫院當醫生；祖母出生在山口縣，當時在醫院裡當護士。後來兩人結了婚，爲了撫養孩子，很早就返回了日本，因而沒有戰敗時逃難的體驗。我期待著什麼時候能夠去平壤看看。

妻子的老家全羅道是韓國的糧倉地帶。解放前，全羅道的米集中在群山港，然後輸送到日本。據說以米商爲主，很多日本人曾經住在這裡。剛結婚的時候，從丈母娘那裡聽說當時日本人戰敗撤回時曾說：三十年後會再回來。三十年後，我出現在她女兒的面前，當時丈母娘一定非常吃驚。

人都有歸巢本能，懷念出生和成長的地方。我嚮往到祖父母值得回憶的地方，可能是這種本能的隔代遺傳。南北統一之後，很多人擔心現在的北朝鮮人能否融合到所謂現代的西方社會，但我倒覺得不用擔心。日本戰前也是高唱「鬼畜英美，本土決戰」，但以八月十五日爲分界，之前的意識形態就像是口香糖和巧克力一般，輕易地融化改變了。人的意識形態是很容易崩解的，我在文化大革命時也曾去過中國，同樣的人，現在他們實行了改革開放；蘇聯和東歐的共產社會解體後，人們也是在轉瞬間就適應了現在的新社會。

北朝鮮並非如外界所想像，他們的意識形態不是清一色的。從中國和日本的僑胞那裡也會有情報進去，而且越是被限

南山景致

制的社會，小道消息的情報網絡就越是發達。看到北朝鮮小孩讚頌已故的金日成主席的情景後，很多人覺得沒法和這樣的人在一起，但其實中國文化大革命時類似的情景比這還要多，所以沒什麼好擔心的。

我最恐懼的是，韓國人在「六・二五」（韓戰）時非常殘酷，把北朝鮮人看成是「不共戴天之敵」。中國共產黨在日本戰敗時，採取了寬大政策，將日本軍國主義者和日本人民區別對待；蔣介石的國民黨也是用以德報怨的態度對待日本。但韓國解放後，五十年過去了，韓國人到現在還是無法原諒日本人，到處蔓延著反日思想。如果一直抱持這種頑固的態度，南北統一對北朝鮮人來說會是件很淒慘的事。韓國人常常很頑固不饒恕人，是受儒教，特別是朱子學說的影響。聽說南韓人口的四分之一，一千萬人在北方有離散的家人，所以但願我的恐懼是杞人憂天。

我是海幸彥的後代，因此心裡總覺得住在能夠看到大海的大陸城市是最理想的，我夢想在類似大連、青島、海參崴等地安靜度日。這個想法我還沒告訴妻子，但我想她一定會反對。

「海？怎麼了？想吃魚的話，超市有在賣！」

光復節

八月十五日的戰敗紀念日，我一般是盡可能在韓國度過。韓國稱這一天爲「光復節」，每年八月十五日前後，各電視台會播放「光復特別節目」，我總是很愉快地欣賞這些節目。「特別節目」有時很微妙地反映韓國政治或輿論，從中可以看出韓國的對日態度；有時是以日本殖民地支配爲主題；有時以日韓和解爲主題。

一九九八年大韓民國建國五十周年，光復特別節目談論的不是八月十五日的事，而是以從八月十五日開始到建國前三年，以及之後五十年的歷史的介紹爲焦點。在節目播放之前，漢城中心街世宗路上的朝鮮日報社主持了建國五十年照片展，但不論是照片展還是電視節目，五十年的歷史有意排除了某些事實。金大中大總統一貫和已故的朴正熙大總統對抗，所以朴正熙大總統時代的重要事件和功蹟統統遺漏了，就連浦項製鐵和新農村運動也給省略了。

我認爲這不是金大中大總統的指示，而是新聞媒體爲了阿諛大總統才這麼做的，完全是是權勢主義的表現。平時，韓國的新聞媒體經常要求日本對歷史要有正確的認識，但他們卻歪曲了自己本國的歷史；這和爲了阿諛金泳三前大總統，利用溯及法對全斗煥和盧泰愚兩人進行制裁的檢察官是同一個性質。

大女兒在學校學習語文和社會課的時候，學到了很多有關戰爭的悲慘。因爲她說想看《赤腳小嚴》①和《螢火蟲之墓》②，我幫她從日本買了來；後來女兒還要我帶她去廣島。我們的時代對八月十五日的印象是酷暑和陣亡者的祭奠式，孩童時候開始，每年看到的都是相同的光景，默禱和廣播裡不斷播送的天皇陛下的講話，這種時代持續了一段時間。這十年來，我每年在外地迎接八月十五日，感受很多。

大多數的日本人在戰爭中失去了自己的親人，還有不少人在空襲時失去了家和全部的財產，我的雙親也是一樣；另外從滿洲、朝鮮、台灣、庫頁島等舊殖民地返回的有數百萬人。其實不只是廣島和長崎的人受到原子彈的傷害，大部分的日本人都是戰爭的受害者。但這點好像不爲亞洲人所知，他們只知道日本人作爲加害者和侵略者的面孔。

八月十五日，漢城的大街上會看到滿街的太極旗，我每年都祝福著他們想說：

「眞是太好了！」但眞誠希望韓國人能夠早一天理解，八月十五日戰爭結束這天，對大多數日本人來說，也同樣有「眞是太好了」的意義。

韓國太極旗

韓國人引以自豪的國旗「太極旗」是易學世界觀的表現，這是李朝末期的開化派志士在去日本的途中，覺得「國家得有個自己的國旗」而臨時想出來的。妻子把太陽旗稱爲「日本太極旗」，看到星條旗說是「美國太極旗」，在她眼裡「太極旗」等於是國旗，這種想法實在讓我覺得困惑。

在光復節反覆播放的電影當中，有一部叫《將軍的兒子》。這部電影的主人翁金斗漢是京城(現在的漢城)的繁華街道鍾路上的大流氓，父親是有名的抗日將軍，而他的體內終究是流著和父親一樣的血，因此到處挑戰日本人、黑社會及蠻橫的憲警。這部片我和妻子都看過好幾次，有些類似李小龍的電影，看了後讓人覺得很痛快。

這部電影的結尾還不錯，可惜的是對日本人的考證一場糊塗。現在金大中大總統已經解除了對日本文化的禁令，我覺得日韓在電影製作等方面應該可以好好合作，期待著明年八月十五日能夠看到日韓合拍的優秀影片。

①《赤腳小嚴》：廣島原子彈爆炸時成爲孤兒的孩子們的故事。

②《螢火蟲之墓》：因美國空襲成爲孤兒的倆兄妹的故事。

潔癖

漢城日本人聯誼會和日本人工商會等合併爲漢城日本俱樂部（ＳＪＣ），一年只發行一次的機關雜誌上登載了大女兒的文章。內容是學校社會課參觀訪問陶瓷故鄉利川時的感想，裡面談到司馬遼太郎的《難忘的故鄉》和沈壽官等，讓我大吃一驚。從文章裡我看到了女兒的成長，對此感慨萬千，大女兒在滿周歲生日時，不愧是抓到了鉛筆。

孩子用純樸的心去發現韓國很多好的地方是難能可貴的，我翻譯給妻子看，她讀了文章十分高興。最近出版了很多有關韓國的書籍，讀了這些書後，多少能夠勾畫出一些韓國的風貌。我第一次訪問韓國是在七〇年代初期，有關韓國的資訊，只有《五賊》的作者金芝河和ＫＣＩＡ的情報。我偶爾讀到的石原莞爾的著作當中，有幾處讚美朝鮮的地方，當時感覺特別新鮮。

石原莞爾在年輕時，是漢城附近春川屯兵營的軍人。在那裡所接觸到的朝鮮人，

韓國陶藝

讓他印象很深。他在文章裡如此記述讚美白衣民族：「我確信那種謙虛且不失優雅的簡樸生活是人類的至寶。」他說的簡樸，給我的感覺不僅只是貧窮。在那個時代，能夠發現朝鮮民族的優秀之處的石原莞爾是非常難得的。石原莞爾的東亞聯盟裡曾有很多朝鮮人加入。

前幾天，在中國南端的海南島，有機會和中國北方黑龍江伊春的商人交談。我問他說：「你的村裡也有朝鮮人住在那裡嗎？」他說：「我們隔壁村子住的就是朝鮮人，朝鮮人特別愛乾淨。」他的回答給我留下很深的印象。中國農村基本上沒什麼衛生觀念，因而從衛生觀念不強的中國人來看，朝鮮人有潔癖。白衣民族的白衣被污染就不美觀了。在日朝鮮人作家李恢成曾寫過一本小說叫《搗衣的女人》，韓國的歷史劇裡也常出現女人洗衣和搗衣的場面。妻子也是每天洗衣服和燙衣服。

不僅僅是衣服，韓國的住宅是火坑構造，因地板上貼著油紙，所以地板很亮，連一根頭髮也可以看得一清二楚，他們每天都用掃把掃除垃圾或用抹布把地板擦乾淨。妻子是一旦開始打掃，就要把整個家裡擦得一塵不染。雖然有吸塵器，但妻子不怎麼用，就像她的母親那樣，每天也是用抹布擦去地板上骯髒的地方。

石原莞爾看到的，說不定是這些很習以爲常的朝鮮傳統。從外表來看，日本人和朝鮮人很難區分，但日常生活極其普通的行爲當中，日本和韓國的傳統差異很多。日本女性穿和服較合身，韓國人也還是穿朝鮮服裝合身。不過我家兩個女兒是穿和服合身還是穿朝鮮服裝合身，我很難判斷。

民族的傳統，不是單指傳統藝能和美術，日常舉止當中也能自然體現出來。韓國和日本都擁有較長的歷史，在歷史中形成了自己的傳統和文化，大女兒在文章裡也記載了日韓兩國陶瓷的不同。但重要的不是什麼優劣之分，而是區別兩者的不同，彼此相互尊重才是最重要的。我希望兩個女兒能夠成爲兼具兩者優點的優雅的人，用更通俗易懂的話說，就是無論穿和服還是穿朝鮮服裝都合身的人。我相信一定會的。

希望

N君，你現在在哪裡？儘管你是在日韓國人，但你仍然冒著被強制遣送回國的危險參加了好幾次遊行，我現在還在爲你擔心……。N君出生在大阪，他用那嫻熟的大阪方言講述在關西發生的遊行故事，我是聽好幾遍也不會厭倦。已故作家高橋和已曾寫過一本叫《黃昏之橋》的小說描寫反對越戰的事情，在支援越戰的S社的示威遊行隊伍中，也有N君的身影。他講述在奪回御堂筋的示威遊行中，自己快被武裝警察抓住時，幾個市民來營救他的場面特別生動。來到東京後他獲得了朝鮮獎學會的獎學金，但不久又被捲入W大的暴動事件，臉上因受傷縫了好幾針。最後只聽說是去親戚開的柏青哥店幫忙，從此便失去了聯絡。

T君是在大學外語課上認識的在日韓國人，出生於神戶，他的夢想是將來成爲大實業家。因反抗歧視，中學和高中都被貼上了壞學生的標籤，後來一念興起，來到了東京。T君畢業後也是杳無音訊，但現在一定在什麼地方成功了吧！

教過我韓語的L小姐極富文才，曾投稿到各處的同人雜誌。她那豐富的感性，現在在什麼地方發表呢？想到L小姐，我就能理解，爲何在日本會出現很多如獲得芥川獎的李良枝和柳美里等在日韓國人的女性作家。韓國人的感性比較適合文學。

在回憶的過程中，我又想起K兄妹那變幻莫測的遭遇。一九六〇年的「四・一九」學生革命時，他們的祖父因和李承晚內閣有關係，舉家逃亡到日本。第二天兩人就進了日本學校，非常努力學習日語。我經常到他們家去玩，他們常招待我吃韓國料理。

只要稍微想想，我從青年時代開始就有很多在日韓國人的朋友。後來我住在韓國或是國外，很長一段時間沒有和他們見面了，但無論到哪裡，我的朋友總是韓國人多於日本人。

韓國人總有自己的夢想。即使今天只是個普通的職員，但明天要當個社長給你瞧瞧，他們很認眞地對待自己的夢想。寧爲雞頭，不作牛尾，做著成爲一國一城之主的夢。我也是跳離一般受薪階級的人，可能這點和韓國人的性格比較合得來。韓國人的個性比較強，他們討厭被限制在固定的框架裡。

日本的企業經常在韓國建立合資工廠或設立代表處，但都爲人事，特別是公司職員的管理費不少心。我從妻子的行爲，可以深深理解日本企業的辛苦，這裡並非指一般常說的因有反日思想而難管理，而是韓國人討厭被管理，因而很難管理。

妻子不要說管理，就連一般的規則也肯不好好遵守，她討厭按照規章制度行事。在日本時她經常違規停車，規定說此處禁止停車，但她偏要說這裡停車方便，以此主張自己的正當性，毫無畏懼，說規則都是別人隨意制定的，自己沒必要非得遵守，永遠相信自己是對的。

大女兒看到自己的母親如此，反倒更加遵守規則，特別是非常聽學校老師的話，因此常和妻子發生衝突。對妻子來說，和學校的老師相比，自己更關心女兒，因而女兒得聽她的話。但結果女兒總是選擇和大家一樣的行動。例如每當快到寒暑假時，妻子會很善意地提議：「學期快結束了，明天我們一起去旅遊。」但女兒卻想到學校去，就是結業典禮那天也一樣；另外更重要的是：「學校不是想休息就可以休息的。」爲此她和母親爭論著，看她們辯論的場面覺得特別滑稽。

韓國人自我主張強烈，很有個性，日本的常識對他們來說不通用。因我也是一個不太安分守紀的人，父母都是這樣，我常常擔心孩子會變成什麼樣？但看到女兒的成長，我總算放心了。大女兒有一段時期，可能是處於反抗期，一個勁地主張自己不是韓國人而是日本人，但最近卻爲自己是混血兒而感到自豪。因日本人學校只設到初中，高中要回日本讀，但她說進大學後要去韓國留學，夢想將來成爲日韓兩國的友好橋梁，並因此榮獲諾貝爾和平獎。我和妻子從內心祝願她的夢想能夠得以實現，這樣我們的異國婚姻所付出的辛苦也是有代價的。

文·學·叢·書

劃撥帳號：19000691　成陽出版股份有限公司　掛號另加20元
本書目所列定價如與版權頁有異，以各書版權頁定價為準

1.	吹薩克斯風的革命者	楊　照著	260元
2.	魔術時刻	蘇偉貞著	220元
3.	尋找上海	王安憶著	220元
4.	蟬	林懷民著	220元
5.	鳥人一族	張國立著	200元
6.	蘑菇七種	張　煒著	240元
7.	鞍與筆的影子	張承志著	280元
8.	悠悠家園	韓·黃晳暎著／陳寧寧譯	450元
9.	想我眷村的兄弟們	朱天心著	220元
10.	古都	朱天心著	240元
11.	藤纏樹	藍博洲著	460元
12.	龔鵬程四十自述	龔鵬程著	300元
13.	魚和牠的自行車	陳丹燕著	220元
14.	椿哥	平　路著	150元
15.	何日君再來	平　路著	240元
16.	唐諾推理小說導讀選 I	唐　諾著	240元
17.	唐諾推理小說導讀選 II	唐　諾著	260元
18.	我的Ｎ種生活	葛紅兵著	240元
19.	普世戀歌	宋澤萊著	260元
20.	紐約眼	劉大任著	260元
21.	小說家的13堂課	王安憶著	280元
22.	憂鬱的田園	曹文軒著	200元
23.	王考	童偉格著	200元

POINT

1.	海洋遊俠——台灣尾的鯨豚	廖鴻基著	240元
2.	追巴黎的女人	蔡淑玲著	200元
3.	52個星期天	黃明堅著	220元
4.	娶太太，還是韓國人為好！？	篠原 令著	200元

娶太太，還是韓國人為好!?

作　　者	篠原 令
譯　　者	李芳
發 行 人	張書銘
社　　長	初安民
責任編輯	陳思妤
美術編輯	許秋山
校　　對	余淑宜　陳思妤　黃筱威
出　　版	**INK**印刻出版有限公司 台北縣中和市中正路800號13樓之3 電話：02-22281626 傳真：02-22281598 e-mail：ink.book@msa.hinet.net
法律顧問	漢全國際法律事務所 林春金律師
總 經 銷	成陽出版股份有限公司 訂購電話：02-26688242 訂購傳真：02-26688743
郵政劃撥	19000691　成陽出版股份有限公司
印　　刷	海王印刷事業股份有限公司
出版日期	2002年12月　初版
定　　價	200元

ISBN 986-7810-12-0

國家圖書館出版品預行編目資料

娶太太，還是韓國人為好！？/篠原 令著.--
初版，--臺北縣中和市： INK印刻，
2002〔民91〕面 ； 公分--

ISBN 986-7810-12-0(平裝)

861.6 91020395

INK INK INK INK INK INK
INK INK INK INK INK INK INK
INK INK INK INK INK INK
INK INK INK INK INK INK INK
INK INK INK INK INK INK
INK INK INK INK INK INK INK
INK INK INK INK INK INK
INK INK INK INK INK INK INK
INK INK INK INK INK INK
INK INK INK INK INK INK INK
INK INK INK INK INK INK
INK INK INK INK INK INK INK
INK INK INK INK INK INK
INK INK INK INK INK INK INK
INK INK INK INK INK INK
INK INK INK INK INK INK INK
INK INK INK INK INK INK
INK INK INK INK INK INK INK
INK INK INK INK INK INK
INK INK INK INK INK INK INK
INK INK INK INK INK INK
INK INK INK INK INK INK INK
INK INK INK INK INK INK
INK INK INK INK INK INK INK
INK INK INK INK INK INK
INK INK INK INK INK INK INK
INK INK INK INK INK INK